ANNA SILBER

DAS MEER VON UNTEN

Gedruckt mit freundlicher Unterstützung von Stadt Wien Kultur.

Product footprint
CO_2 Neutral
PBN-CFMCP-015258
www.preferredbynature.org

FSC
www.fsc.org
MIX
Papier aus verantwortungsvollen Quellen
FSC® C014138

Grafische Gestaltung: Dorothea Löcker, Wien
Druck und Verarbeitung:
FINIDR, s.r.o., Český Těšín
ISBN 978-3-7117-2135-8

Informationen über das aktuelle Programm
des Picus Verlags und Veranstaltungen unter
www.picus.at

ANNA SILBER

DAS MEER VON UNTEN

ROMAN

PICUS VERLAG WIEN

Für Emina

Porque a un niño que no es mío
nunca lo debí cuidar

Natalia Lacunza

PROLOG

Es ist nicht so, dass es einen klaren Anfang gab, eine zeitliche Abgrenzung. Ich sah keinen Lkw oder Kleinlaster draußen parken, niemanden Kartons schleppen. Niemand erzählte, dass da neue Leute wohnten, hinter Tür siebenunddreißig. Nicht einmal Frau Zukić teilte ihre übliche Meinung zur Nachbesetzungspolitik von Wiener Wohnen. Sie waren einfach irgendwann da, am ersten Samstag im Februar. Sie gingen an mir vorbei zu Tür siebenunddreißig, als ich gerade meine Wohnungstür hinter mir zusperrte. Der Vater, das Kind, die Mutter mit Bauch. Dreieinhalb, dachte ich.

EINS

Wie immer ist der Mittwoch ein Tag, den man im Vorhinein nicht einschätzen kann. Er kann vorbeigehen, ohne dass viel passiert, aber er kann auch schlimm werden wie ein Freitag oder ein Samstag. In der Früh höre ich im Bett Handymusik, bis es halb elf ist, dann erst komme ich vom Bett auf. Ich ziehe das Gewand von gestern an, wem soll das auch auffallen, wen soll das interessieren. Im Bad schalte ich zum Zähneputzen das Licht nicht ein, damit ich nicht in den Spiegel schauen muss. Minze steht anklagend vor ihrem Napf, ich kippe Futter hinein, ziehe mir Schuhe an, dann den Wintermantel, alles zu langsam.

Als die Wohnungstür hinter mir zufällt, kommt mir etwas anders vor als sonst, ich schaue nach links, dann nach rechts. Vor Tür siebenunddreißig sitzt das Kind, das Kind vom Samstag. Die Beine angezogen, den Kopf unter einer Kapuze auf die Knie gelegt, die Augen verdeckt von dunklen Locken. Ich schaue weg, dann gleich wieder hin. Mein Handy vibriert in der Manteltasche, ich bin zu spät dran, Janosz schreibt mir, wo ich bleibe. Einmal schaue ich noch hinüber, das Kind rührt sich nicht.

Im Rösch angekommen weiß ich, dass es ein schlimmer Mittwoch wird. Die Vorbinderschnüre lösen sich dauernd, ich wickle sie fest umeinander, mache die Tür zur Küche auf, feuchte Wärme, dazwischen Sinan und Janosz. Sinan schreit, verliert viel Spucke dabei.

»Schleich dich, Janosz, schleich dich mit deiner g'schissenen Arroganz!«

»Beruhig dich, komm, reiß dich zusammen«, sagt Janosz. Ich

schaue auf die Uhr, die über der Essensausgabe hängt. Zehn nach elf. Vor mir brummt der Ofen, in der oberen Backkammer flackert das Licht immer noch.

»Du kannst dich selber z'sammreißen«, schreit Sinan weiter, »du glaubst jetzt, du bist der Chef und kannst mir irgendwas anschaffen, aber der Andi ist der Chef, hörst?« Ich schaue zu Janosz, der mir zuzwinkert. »Brauchst der Connie gar nicht so blöd zuzwinkern, ich seh das!«, setzt Sinan nach.

»Lass die Connie da raus«, sagt Janosz.

»Geh, schleich dich doch«, erwidert Sinan, aber leiser. Er schaut zu mir, wird rot.

»Guten Morgen«, sage ich.

»Ist's schon elf?«, fragt Sinan, ich nicke.

»Zehn nach«, sagt Janosz. Sinan räuspert sich, wischt sich die Hände am Vorbinder ab, nimmt zwei Pfannen von der Ablage, stellt sie auf den Herd.

»Wie schaut'n die Fritteuse aus?«, fragt er ganz normal in meine Richtung.

»Ich nehm an, die Lin hat sie gestern sauber gemacht«, sage ich.

»Und wo ist die jetzt?«

»Die kommt erst morgen wieder.«

»Wie immer«, wirft Janosz ein.

»Deine dummen Kommentare kannst dir gleich sparen«, sagt Sinan. Die Tür zwischen Küche und Restaurant geht auf, Andi kommt herein, immerhin bin ich nicht die Letzte. Er schaut in die Runde.

»Die ganze Bagage«, sagt er.

»Chef«, sagt Sinan.

»Grüß dich«, meint Janosz.

»Burschen«, sagt Andi, schaut dann zu mir, »Connie.« Ich antworte nicht.

»Und?«, fragt Janosz mich später. Wir stehen am Liefereingang, der auch die Hintertür des letzten Küchenteils ist. Ein Innenhof, in dem nie Kinder spielen. Soll mir recht sein, so kann man in Ruhe herumstehen, rauchen, ohne viel nachzudenken.

»Was, und?«

»Was gibt es Neues?«

»Janosz, wir haben uns gestern gesehen. Was soll's geben?«

»Hast du einen Neuen?« Er zieht an seinem Tschick.

»Janosz, lass es endlich einmal gut sein.«

»Du weißt doch, Connie, wir …«

»Hör auf jetzt, Janosz.«

»Ich sage es ja nur.« Er atmet Rauch aus.

»Muss ich jetzt aufs Klo gehen zum Rauchen, damit ich meine Ruhe hab?«, frage ich.

»Bleib da, komm, bleib da.« Er legt seinen Arm um mich. Ich lasse den Kopf in den Nacken fallen, sein Arm wie einer von diesen Nackenpolstern im Flugzeug. »Du und ich, Connie.« Er hustet kurz. Ich hebe den Kopf, schaue auf den Tschick in meiner Hand. Schon zu viel Zeit vergangen.

»Komm, wir müssen rein«, sage ich.

»Sonst was?«

»Bleib halt da, wenn du meinst.«

»Nein, warte, ich komm schon.« Gleichzeitig werfen wir die Stummel auf den Boden, gehen zurück in die Küche. Die Kundschaft bestellt viel Frittiertes, vor allem Pommes, sicher träume ich in der Nacht wieder davon. Sie gehen nie weg, diese Küchenträume, auch nicht nach sieben Jahren.

Wir sitzen draußen im Gastgarten, der Heizpilz glüht in die Nacht. Alle haben sich umgezogen, Sinan im körperbetonten Pullover, Janosz mit Schal. Andi schaut wie ein Verlierer aus, wie einer, der nichts zu melden hat. Die Hose zu weit, das

Hemd zu eng, der Bauch dominiert alles. Wenn ihn wer heimfahren sehen würde in der U-Bahn, hätte er vielleicht Mitleid. Man wüsste ja nicht, dass er Chefkoch ist, dass er vom Land ist, ein Arschloch. Die Tür geht auf, Berta kommt heraus.

»Und?«, fragt sie.

»Passt alles«, sagt Andi.

»Und für morgen?«

»Alles b'stellt, hat der Sinan erledigt.«

»Gut ist's«, meint Berta, schaut in die Runde, dreht sich um, geht wieder hinein. Ich trinke einen Schluck Bier, merke Janosz' Blick auf mir, strecke ihm die Zunge raus.

»Hörst, Connie«, sagt Andi, der es gesehen haben muss.

»Was denn?«

»Reiß dich z'samm, du bist ja nimmer vierzehn.«

»Mh.« Ich trinke noch einen Schluck, schaue in die graue Runde. »Ich geh heim, Burschen.«

»Bis morgen«, sagt Sinan.

»Morgen ist Donnerstag.«

»Dann halt bis übermorgen«, sagt Sinan.

»Wann kommt die Neue?«, frage ich im Aufstehen, schaue Andi dabei an. Sogar sein Bier trinkt er unelegant.

»Nächste Woche irgendwann«, antwortet er.

»Gut«, sage ich, »weil die Lin und ich zu zweit schaffen das nicht, nicht ohne die Hatice.«

»Ja ja, das könnts gut, jammern bis zum Umfallen, ihr …«

»Soll ich dich heimbringen?«, fragt Janosz, weil er wahrscheinlich ahnt, wie der Satz enden würde.

»Na, na, bleib ruhig da«, erwidere ich, »bis übermorgen.« Er lächelt, nickt.

»Schlaf gut«, sagt er. Ich lasse das Glas stehen, morgen bin ich sowieso nicht da. Soll es wer anderer wegräumen, am besten irgendeine von den Kellnerinnen.

Die anderthalb Straßen bis nach Hause sind in solchen Nächten der weiteste Weg in Wien. Links, rechts, links, durch den Innenhof, zu Stiege zwei. Erster Stock, zweiter, im dritten hört irgendwer laut Musik, ich schaue auf die Uhr, halb zwei, ich gehe weiter, vierter Stock. Die letzten Schritte bis zur Wohnungstür, dahinter höre ich Minze miauen. Ich stecke den Schlüssel ins Schloss, dann im Augenwinkel eine Bewegung, ich schaue genauer hin. Vor Tür siebenunddreißig sitzt wieder oder immer noch das Nachbarskind, es schläft mit dem Kopf an die Tür gelehnt. Dunkle Augenbrauen, dunkle Wimpern, die Kapuze ist verrutscht. Sieben, acht Jahre alt, oder vielleicht ein bisschen älter, wer weiß. Minze kratzt von innen an der Tür. Ein letzter Blick zu Tür siebenunddreißig, dann sperre ich auf, lasse das Kind schlafen.

ZWEI

Minze weckt mich viel zu früh, ich schiebe sie vom Bett. Sie springt zu meinen Füßen, spielt mit meinen Zehen, ich ziehe sie ein. Minze schafft es, unter die Decke zu kriechen, bis zu meiner Achsel. Schnurren unter der Decke.

»Komm«, sage ich mehr zu mir als zu ihr, »stehen wir halt auf.« Sie bewegt sich nicht, ich auch nicht wirklich, greife nur zum Handy. Drei neue Nachrichten. Janosz: *Arbeit ohne dich ist wie Kaffee ohne Milch.* Mama: *Constanze, lebst du?* Dann noch einmal Mama: *Ruf dich nachher an, heb ab.* Draußen Sirenen, immerhin kein Hubschrauber.

Im Kühlschrank ist nicht einmal Milch. Ich ziehe den Mantel über die Jogginghose, vielleicht kaufe ich gleich auch Semmeln oder Eier. Wie lange ist es her, dass ich ein Ei gekocht habe, habe ich überhaupt je ein Ei für mich allein gekocht. In der Küche im Rösch ist alles exzessiv, hundert Eier, zehn Kilo Mehl, zwanzig Gurken. Minze streckt sich auf dem Boden aus, ich steige über sie, sie peitscht mit dem Schwanz. Die Tür fällt ins Schloss, ich schaue nach rechts, kein Kind vor Tür siebenunddreißig. Ich gehe los. Frau Zukić steht rauchend vor der Stiegentür.

»Connie, wie ist's?«

»Geht schon, ich geh zum Hofer, brauchen Sie was?«

»Was ich brauch, gibt's nicht beim Hofer.« Sie grinst, wie alt wird sie wohl mittlerweile sein, Anfang sechzig vielleicht. Der Lippenstift macht sie älter, warum trägt sie überhaupt Lippenstift, es ist Donnerstag, sie ist arbeitslos.

»Tschick?«, fragt sie, hält mir die Packung hin. Sie hat immer serbische oder russische Zigaretten, ich habe sie nie gefragt, woher die kommen, wer ihr die bringt. Vor ein, zwei Jahren hat sie Stangen an die ganze Nachbarschaft verkauft. Das AMS macht mir einen Aufstand, wenn ich da ein Geschäft mach, hat sie gesagt.

»Gern.« Ich greife zu.

»Feuer hast selber, oder?« Ich nicke.

»Tür siebenunddreißig«, sage ich nach dem ersten Zug, »wissen Sie da was?«

»So neugierig, mh. Wieder so Islamisten, wie's ausschaut.«

»Muslime«, sage ich, warum tue ich mir das überhaupt an, selber schuld.

»Connie, sei nicht blöd, glaub denen nix, die sind alle …«

»Wann sind die denn gekommen?«, unterbreche ich sie.

»Die Laslo hat gesagt, vorletzte Woche. Die hat das Auto gesehen, da vorn.« Sie deutet mit dem Kinn Richtung Leystraße. »Lauter Araber haben geholfen, hat sie gesagt.«

»Mh.« Ich will fragen, wie Frau Laslo von Weitem Araber erkennen konnte, aber lasse es bleiben.

»Die haben sicher wieder wen gekannt, Connie, bei Wiener Wohnen, weißt. Das kann ja nicht sein, die Nichte von der Laslo steht auf der Liste, seit sie in der Lehre ist, und nix passiert, gar nix. Das ist schon auffällig, Connie, ich weiß eh, du hörst das nicht gern, aber auffällig ist es schon, eine Islamistenfamilie nach der anderen und man muss sich schon fragen, also fragen wird man sich ja noch dürfen, wie geht das, mh. Und vielleicht sollt sich der Bürgermeister das einmal anschauen, wie das sein kann, dass sich da keiner wundert, wenn wieder so eine Frau Mohammed dasitzt, bei Wiener Wohnen, und wer dann die Wohnung kriegt. Die Kopftuchmafia, ich sag's dir, Connie, es ist alles wahr.«

»Mh.« Letzter Zug, Rauch in der Lunge, serbischer Rauch.

»Bringst mir bitte einen Wein mit, einen roten«, sagt Frau Zukić, kramt in ihrer Handtasche.

»Geht schon«, antworte ich, das alte Spiel.

»Ich warte da.«

»Bis gleich.«

Ich kaufe Semmeln, Milch, keine Eier. Stattdessen Wein für Frau Zukić, dazu ein neues Feuerzeug. Frau Zukić steht nicht mehr vor der Stiegentür, als ich zurückkomme. Ich bin mir nicht sicher, ob es trister ausschaut, wenn sie davorsteht oder wenn da gar niemand steht. Den Wein stelle ich ihr vor ihre Wohnungstür, Tür vierundzwanzig. Vor Tür fünfunddreißig eine dunkle Flüssigkeit auf dem Boden, ich weiche aus.

»Hey«, sagt eine Kinderstimme. Ich schaue nach vorne, das Nachbarskind steht vor Tür siebenunddreißig, der Scheitel leicht über der Höhe der Klinke.

»Hey.«

»Wohnst du da?« Es deutet auf Tür sechsunddreißig.

»Ja.«

»Schon immer?«

»Seit fünf Jahren oder so. Und ihr?«

»Wer?«

»Du und deine Eltern.«

»Weiß ich nicht.«

»Warum bist du da heraußen?«

»Nur so.« Es sieht verloren aus, wie es dasteht, ausgesperrt.

»Magst du mit zu mir reinkommen?«, frage ich nach kurzem Zögern. Das Nachbarskind legt den Kopf ein bisschen schief.

»Okay.« Es kommt auf mich zu, langsame, schlurfende Schritte.

»Wie heißt du?«, frage ich, sperre auf.

»Kannst du eh nicht aussprechen.«

»Probier's ruhig.«

»Wie heißt du denn?«

»Connie.«

»Bist du Österreicher?«

»Ja.« Ich ziehe meine Schuhe aus, das Kind hat keine an, nur Socken. »Du auch?«, frage ich.

»Nein.«

»Sondern?«

»Ist egal.« Es schaut sich um.

»Bad, Klo, Schlafzimmer, Küche«, sage ich, deute dabei auf die verschiedenen Türen.

»Meine Wohnung ist größer.«

»Drei Leute brauchen halt auch mehr Platz. Hast du schon was gefrühstückt?«

»Nein.« Gut, dass ich gleich vier Semmeln gekauft habe statt zwei.

Ich sitze am Küchentisch, gegenüber das Nachbarskind, das eine Semmel ohne Butter, überhaupt ohne alles isst. Minze schaut mich vom Türrahmen aus skeptisch an.

»Magst du Milch?«, frage ich. »Kakao hab ich keinen.«

»Hast du auch Kaffee?«

»Du trinkst Kaffee?«

»Schon lang.«

»Okay.« Ich stehe auf, hole das Glasgestell aus dem Küchenkästchen, French Press hat Mama es genannt, als sie es zu meinem letzten Geburtstag mitgebracht hat. Wer weiß, wo sie es gefunden oder mitgenommen hat. Ich habe es bei ihrem Besuch vor Monaten verwendet, seither nie wieder.

»Damit machst du Kaffee?« Die Kinderstimme ist ruhig für das Alter, tief.

»Was anderes hab ich nicht.« Ich stehe neben dem Wasserkocher, schaue dem Nachbarskind dabei zu, wie es die zweite Semmel in Stücke reißt.

»Wann kriegt deine Mama ihr Baby?«

»Bald.«

»Haben deine Eltern deswegen die Wohnung bekommen?«

»Wieso?«

»Wegen Wiener Wohnen. Die geben nicht so einfach Wohnungen her.«

»Die sind genauso scheiße wie die anderen.«

»Scheiße wie wer?« Das Kind antwortet nicht. Der Wasserkocher klickt, ich leere Wasser auf das Kaffeepulver im Glasgestell. Janosz würde lachen, wenn er mich sehen könnte.

»Hast du heut gar keine Schule?«, frage ich.

»Doch.«

»Und?«

»Ich geh halt nicht hin.«

»Wieso?«

»Ich hab nicht wechseln wollen.«

»Wo warst du denn davor?«

»Im Zehnten.« Einmal quer durch die Stadt übersiedelt.

»Oh.«

»Ist mir egal, ich brauch die alle nicht.«

»Wen?«

»Die kennst du nicht.« Ich drücke den Filter nach unten, das Nachbarskind verliert kurz den abgeklärten Blick.

»Magst du?«, frage ich, höre auf zu drücken. Das Kind nickt. Ich schiebe das Gestell vorsichtig hinüber, das Kind drückt den Filter konzentriert hinunter.

»Fertig«, sagt es, als der Filter ganz unten ist.

»Danke.«

»Und jetzt?«

»Jetzt trinken wir ihn.« Ich schenke uns ein.

»Schwarz«, sagt das Nachbarskind.

»Okay.«

Ich gieße, bis das Häferl voll ist. Das Kind umfasst es mit den kleinen Händen.

»Ist dir gar nicht kalt?«, frage ich.

»Wieso?«

»Du hast keine Schuhe angehabt.«

»Ja, und?«

»Wir haben Februar.« Das Nachbarskind schaut aus dem Küchenfenster, ich folge seinem Blick.

»Magst du Februar?«, fragt es, ohne mich anzuschauen.

»Na. Die Minze auch nicht. Also, die Katze.« Das Kind löst den Blick vom Fenster, schaut zu Minze, die immer noch im Türrahmen sitzt.

»Hat sie Angst?«

»Sie ist nur skeptisch. Sie kennt ja nur mich.«

»Hast du nie Besuch?«

»Manchmal schon.«

»Hast du die Katze, damit du nicht einsam bist?«

»Ja, vielleicht.«

»Ich will auch eine.«

»Damit du nicht einsam bist?«

»Nein, einfach so.« Das Kind trinkt Kaffee, verzieht keine Miene. Ich tue es ihm nach, der Kaffee schmeckt grauslich, wie lange steht das Pulver wohl schon da herum.

»Ich glaub, der ist schlecht«, sage ich.

»Kaffee kann nicht schlecht werden.«

»Woher weißt du das?«

»Das sagt meine Mama.«

»Vielleicht täuscht sie sich.«

»Nein.«

»Okay.« Minze kommt zu mir, streicht um meine Beine. Ich hebe sie auf den Tisch, schaue zum Nachbarskind, es scheint ihm egal zu sein. Minze reckt den gescheckten Kopf, schnuppert in die Luft, fixiert das Kind, bewegt sich nicht mehr. Das Kind bewegt sich auch nicht, schaut nur zurück. Irgendwann löst es die Hand vom Kaffeehäferl, streckt sie langsam Minze entgegen. Die Hand zittert ein bisschen, oder vielleicht bilde ich mir das nur ein. Minze streckt den Hals noch weiter, schnuppert, der Bauch hebt und senkt sich.

»Sie ist ganz klein«, sagt das Nachbarskind.

»Ja, aber sie ist schon alt. Sie sieht nur jung aus, weil sie so klein ist.« Minze schaut vom Kind zu mir, drei lange Schritte, springt auf den Boden, stolziert zurück zum Türrahmen.

»Ich geh jetzt«, sagt das Nachbarskind.

»Wohin?«

»In die Schule oder so.«

»Okay.« Es steht auf, ich auch, aber das Kind ist schneller mit allem, schneller im Aufstehen, schneller an der Tür, wo es sich noch einmal umdreht.

»Viel Spaß«, sage ich, will ihm etwas mitgeben, Semmeln oder Kekse oder Schuhe, aber ich habe nichts davon, nur Butter und Bier im Kühlschrank.

»Bei was?«

»Bei egal was.« Das Nachbarskind nickt, zieht die Tür zu. Minze miaut leise.

»Ich weiß«, sage ich, bücke mich zu ihr hinunter, kraule ihren Kopf. Das Handy vibriert im Schlafzimmer, sicher Mama. Ich warte, bis das Vibrieren endlich aufhört, erst dann gehe ich hinüber.

DREI

Freitage und Wochenenden sind am schlimmsten. Statt ins Rösch könnte ich einfach hinübergehen zu Frau Atamnaya, einmal hinter Stiege sechs hinaus auf die Pasettistraße, einbiegen in die Durchlaufstraße, hinauf in den fünften Stock, mich im Wartezimmer ans Fenster stellen, direkt auf die Schnellbahngleise schauen, auf das Spital dahinter, Perspektivenwechsel. Ich könnte ihr sagen, dass mir der Kopf wehtut oder dass mir schlecht ist. Sie würde fragen, ob ich immer noch im Rösch arbeite, warum ich nicht bei ihr Sprechstundenhilfe sein will, warum ich mir die Arbeit in einer Küche antue. Ich kann kein Türkisch und kein Arabisch, würde ich sagen, worauf sie antworten würde, dass das nichts ausmacht, dass man fast alles lernen kann, Arabisch vielleicht nicht, aber Türkisch schon, dass sie eine gute Türkischlehrerin kennt, dass eine Küche auf Dauer keine gescheite Arbeit ist, was meine Mutter dazu sagt, überhaupt, wie es meiner Mutter geht, dass sie schon lange nicht mehr da war, dass sie kommen kann, egal in welchem Zustand, jederzeit. Ich hätte keine Antwort darauf, auf keine einzige dieser Fragen.

Als ich die Wohnung verlasse, ist Ruhe am Gang. Kein Kind vor Tür siebenunddreißig, dafür immer noch die dunkle Flüssigkeit vor Tür fünfunddreißig, mittlerweile angetrocknet. Draußen vor der Stiegentür steht Frau Zukić, kein Lippenstift auf den Lippen, aber eine Zigarettenschachtel in der Hand, ungeöffnet.

»Connie.« Sie klingt müde.

»Ist alles in Ordnung?« Sie schüttelt den Kopf, atmet aus, als hätte sie Rauch in der Lunge.

»Alles hat ein Ende, Connie, vor allem das Leben.«
»Was ist denn passiert?«
»Meinen Schwager hat's gestern erwischt.«
»Den in Serbien?«
»Ja, in Kragujevac.«
»Was war denn mit ihm?«
»Das weiß keiner. Serbische Ärzte sind anders, weißt.«
»Mein Beileid.«
»Danke, danke, das ist lieb.«
»Kann ich was helfen?«
»Du kannst kein Serbisch.«
»Ja, aber für Sie, meine ich?«
»Du bist ein guter Mensch, Connie, aber helfen kann mir nicht einmal ein guter Mensch. Der Tod ist, wie er ist.«
»Mh.«
»Geh ruhig arbeiten. Grüße an die Berta.«
»Richt ich aus.«
»Und verbrenn dich nicht.«
»Ich versuch's.« Früher war Frau Zukić Putzfrau in einem Lokal in Meidling. Sie kennt die Brandnarben, die Wülste auf den Unterarmen. Sie weiß, dass Eiweiß auf Verbrennungen Blödsinn ist, aber Zwiebelsaft hilft, bei kleinen Wunden zumindest. Sie weiß, dass manche Kellnerinnen Angst vor den Köchen haben. Sie weiß, was ich von Kellnerinnen halte.

Ich gehe vorne ins Rösch hinein, Berta steht hinter dem Tresen, hebt den Blick.
»Connie.«
»Berta.«
»Was tut sich?«
»Ich soll dich von der Frau Zukić grüßen.«
»Grüße zurück.«

»Ist schon wer da?«

»Der Janosz.«

»Berta, wann kann die Neue …«

»Connie, ich schau eh, dass sie bald anfangt. Aber zwingen kann ich's nicht, das musst schon auch verstehn. Sie fangt an, wann's halt kann.«

»Hat sie schon einmal in einer Küche gearbeitet?«

»Na, du musst's noch einlernen.«

»Aha.«

»Stell dich nicht an, Connie, das geht schnell. Ich zahl dir auch was drauf.«

»Mh.«

»Und du musst aufhören, dass du mir die Dirndln alle ankeifst.«

»Wen?«

»Connie, spiel dich nicht. Mehrere haben sich beschwert. Mehrere, Connie.«

»Wer denn? Die Nadja?«

»Ja, auch die Nadja.«

»Die Nadja stellt mir das dreckige Geschirr so hin, dass es fast runterknallt, Berta. Was soll ich machen, nix sagen?«

»Connie, sei einfach ein bisserl lieber. Mehr will ich eh nicht.«

»Mh.«

»Gut ist's, bis später.«

»Bis später.«

Kellnerinnen glauben fast alle, sie wären etwas Besseres. Wenn sie Geschirr in die Geschirrablage stellen, ist es ihnen egal, ob es fallen wird oder nicht. Sie glauben, dass sie nichts mit der Küche zu tun haben, dass Gaststube und Küche zwei Welten sind, die nur durch Essensausgabe und Geschirrablage miteinander verbunden sind. Die meisten behalten mittlerweile ihr Trinkgeld, damit sie es nicht mit uns teilen müssen. Manche grüßen nicht einmal, wenn man sie am Klo trifft. Dabei sind sie nichts ohne uns.

Janosz zieht den Klopfer über das Fleisch, als ich hereinkomme. Er steht mit dem Rücken zu mir.

»Schon wieder?«, frage ich.

»Connie!« Er dreht sich um, den Edelstahlklopfer in der Hand, Kopfhörer im Ohr. Er zieht am Kabel, beide Hörer fallen ihm aus den Ohren, direkt auf den Küchenboden.

»Schon wieder Schnitzel?«, frage ich noch einmal.

»Ja, ich weiß es auch nicht.«

»Wird das Fleisch alt?«

»Keine Ahnung. Mir hat die Berta nur gesagt, dass das Sonderangebot Schnitzel ist. Hilfst du mir?«

»Klopfen oder panieren?«

»Connie.«

»Ja, ja, ich panier schon.«

»Ich muss wenigstens ab und zu wie ein Koch dastehen.«

»Ist schon okay.«

»Bist du mir böse?«

»Weil ich nicht klopfen darf? Hör mir auf.« Ich gehe nach hinten zum dritten Kühlschrank ganz links, halte die Luft an, an manche Gerüche gewöhnt man sich nie. Eier neben Milch neben Schmelzkäse neben Erdäpfelsalat in Kübeln. Ich hole ein Packerl Milch heraus, mache die Tür wieder zu, atme aus. »Die Eier sind bald aus, Janosz«, sage ich, während ich wieder nach vorne gehe.

»Sag das nachher am besten dem Andi.«

»Okay.«

»Oder soll ich es sagen?«

»Du brauchst mich nicht beschützen, danke.« Statt einer Antwort nur Klopfen auf Fleisch. Ich gehe zur Salatstation, hole eine große Schüssel, kippe etwas Salz hinein, dann einen kleinen Schuss Milch, rühre um. Ich tunke den kleinen Finger ein, schlecke ihn ab. Salzmilch. Milchsalz. Bertas Geheimrezept, einen Schuss Milch zu den Eiern, das Salz gleich auch hinein, weil es dann schneller geht, als jedes Stück Fleisch einzeln einzureiben.

»Magst du nicht zu mir kommen?«, ruft Janosz. Ich trage die Salzmilchschüssel vorsichtig um die zwei Ecken, stelle mich neben ihn.

»Platz musst mir aber schon machen.«

»Warte kurz.« Er hört auf zu klopfen, schiebt erst die Edelstahlwanne zur Seite, in der das dicke ungeklopfte Fleisch liegt, dann die Wanne, in der die dünnen geklopften Stücke sind. Ich stelle die Schüssel ab. Er steckt den kleinen Finger in die Salzmilch, schleckt ihn ab. Ich muss grinsen.

»Wenn das der Andi wüsste«, sage ich.

»Weiß er aber nicht.« Janosz grinst auch. Ich hole die Eier aus dem Kühlschrank, zwei Paletten aufeinander. Wenn ich jetzt ausrutsche und falle, sind sechzig Eier auf dem Boden, dann müssen wir die Panade mit mehr Milch strecken, weil wir nicht genug Eier für alles haben, weil Eierspeise und Eiergröstl Priorität haben. Die Leute merken das, gerade die, die wichtig fürs Geschäft sind, die schicken das Schnitzel zwar nicht zurück, aber sagen Berta beim Zahlen, dass die Panade dünn war. Dann kommt Berta in die Küche, um zu fragen, was wir uns einbilden, ob wir die Kundschaft für dumm verkaufen wollen. Dann muss ich erklären, dass ich schuld bin, ganz am Ende werden mir die sechzig Eier vom Lohn abgezogen.

»Wie war es gestern?«, fragt Janosz.

»Normal eigentlich.«

»Hast du irgendwas gemacht?«

»Ich hab neue Nachbarn. Die haben ein Kind, das war bei mir. Ein komisches Kind.«

»Wieso komisch?«

»Keine Ahnung, das trinkt Kaffee.«

»Wo kommen die her, die Nachbarn?«

»Weiß ich nicht. Die Mama hat ein Kopftuch, das ist alles, was ich weiß.«

»War ja klar.«

»Das heißt gar nix, Janosz.«

»Das heißt alles, Connie, alles.«

»Ist auch nicht so wichtig. Ein komisches Kind auf jeden Fall.« Ich schlage Ei nach Ei auf, während Janosz weiterklopft.

»Alle Kinder sind komisch«, sagt er.

»Und woher willst du das wissen? Hast du welche daheim?«

»Nein, aber …«

»Sorry, Janosz, so hab ich's nicht gemeint. Sorry.« Er hält inne, schaut mich an.

»Die Sveti, die macht jetzt eine Kur, da trinkt sie nur noch Saft. Das soll anscheinend was bringen.«

»Glaubst dran?«

»Keine Ahnung. Aber ich muss es ja auch nicht machen.«

»Stimmt.« Eine Palette Eier fertig. Ich schaue zu Janosz.

»Das wird schon werden. Ihr probiert einfach immer weiter«, sage ich.

»Mh.« Ich schlage das nächste Ei auf den Schüsselrand, zu fest, die untere Hälfte bricht auseinander, Ei überall, Schalenteile in der Salzmilch. Ich hole noch eine Schüssel und ein Sieb, gieße um, Janosz hört wieder auf zu klopfen.

»Ich brauch keine Hilfe, geht schon«, sage ich.

»Wie du meinst.« Er klopft weiter. Ich nehme die nächsten Eier, schlage sie vorsichtiger auf. Als ich fertig bin, greift Janosz ungefragt nach links, holt den großen Schneebesen vom Haken. Ich bedanke mich, schlage die Salzeimilch, bis der Arm müde wird, wechsle die Hand. Es muss eine verwobene Flüssigkeit sein, sonst wird das Geheimrezept eine traurige Geschichte.

»Keiner macht das wie du«, sagt Janosz. Ich mache Pause.

»Wie meinst das?«

»So verbissen macht das sonst niemand.«

»Ist das was Gutes?«

»Weiß ich nicht.« Er holt noch drei Edelstahlwannen, stellt sie zwischen uns. Eine ist leer, die zweite voll mit Mehl, die dritte mit Semmelbröseln angefüllt.

»Fertig?«, fragt er.

»Fertig.« Ich schiebe die Schüssel mit der Flüssigkeit zwischen uns. Janosz schaut mich an.

»Manchmal ist es schon nett da«, sagt er.

»Wo? Im Rösch? Oder in Wien?«

»Im Rösch. Wien oder nicht, wir könnten überall sein.«

»Mh.«

»Alles ist austauschbar, Connie. Wien, das Rösch, die Berta, wir alle.«

»Ist alles okay bei dir?«

»Nur müde«, sagt er, wischt sich mit dem Handrücken über die Stirn, räuspert sich. »Ich weiß, du wärst immer am liebsten daheim, aber ich wäre manchmal gerne den ganzen Tag da, da in der Küche.« Ich nehme das erste Fleischstück, es ist kalt zwischen meinen Fingern, wende es im Mehl, ziehe es durch die Eisalzmilch, lasse es dann vorsichtig in die Bröselwanne fallen. Janosz streut Brösel darauf, dreht es um, zieht es nach oben wie einen Fisch aus dem Wasser, klopft es leicht ab. Brösel rieseln zurück in die Wanne.

»Wieso magst nicht heim?«, frage ich, lasse das nächste Stück in die Bröselwanne fallen. Wer hat sich das ausgedacht, Fleisch in Ei, Mehl, Brösel einpacken, um es dann in viel Fett herauszubacken. Ein Wahnsinniger.

»Ist nicht so wichtig.«

»Mir kannst du's schon erzählen.«

»Ich weiß schon, Connie, aber das macht mich nur grantig.«

»Okay.«

»Erzähl mir lieber noch was von deinem freien Tag.«

»Sonst ist nix passiert, nix außer dem Kind, mein ich.«

»Bist du gar nicht rausgegangen?«

»Nur einkaufen.«

»Mh.« Ich merke seinen Seitenblick auf mir.

»Was ist, Janosz?«

»Nix, nur… Manchmal vergesse ich, dass aus dir was hätte werden können.«

»Was denn?«

»Na ja, du hast als Einzige von uns die Matura, und du …«

»Danke, das weiß ich eh selber.«

»Sei mir nicht böse, aber …« Neben uns geht die Tür auf, Sinan kommt herein.

»Hey«, sagen Janosz und ich gleichzeitig.

»G'schissener Tag«, erwidert Sinan.

»Wieso?«, frage ich.

»Die Berta hat gesagt, ich kann den Urlaub vergessen.«

»Welchen?«

»Eh den in zwei Wochen. Sie hat gesagt, der Ilya hat keine Zeit, der kann doch nicht einspringen.«

»Aber du hast es ihr doch schon ewig her gesagt, oder?«, frage ich.

»Sicher.«

»Dann …«

»Connie, lass es gut sein«, sagt Janosz. »Dich mag die Berta, du bist wie ein Kind für sie. Aber wir nicht, wir sind einfach nur irgendwer.« Ich schaue von ihm zu Sinan.

»Da hat er ausnahmsweise einmal recht, der Janosz.«

»Mh.« Ich schlucke meinen Widerspruch hinunter.

»Schon wieder Schnitzel?«, sagt Sinan mit Blick auf die Wannen.

»Ja, Sonderangebot.«

»Und bei dir?«, fragt Sinan mich. »Wie war der freie Tag?«

»Ich hab ein neues Nachbarskind, das war bei mir. Sonst war nix. Ah, und die Berta hat gesagt, die Neue hat noch nie in einer Küche gearbeitet.«

»Oje«, sagt Janosz.

»Hoffentlich ist sie eine Scharfe«, grinst Sinan.

»Hoffentlich stellt sie sich nicht deppert an«, sage ich.

»Musst du sie einlernen?«, fragt Janosz. Ich nicke.

»Wenn's eine Scharfe ist, nehm ich's dir ab«, sagt Sinan.

»Nimm mir lieber das da ab«, erwidere ich, deute auf die Wannen.

»Was, damit du Zwiebel schneiden kannst? Sicher nicht.«

»Wieso Zwiebel? Hat die Lin nicht …?«

»Die Lin ist nicht dazu gekommen«, sagt Sinan, »gestern ist es zugegangen wie im Prater, ich sag's dir.«

»Mh. Also Zwiebeln auch noch?«

»Ja«, antworten beide.

Um zwölf druckt das kleine Druckgerät, das wir Minidrucker nennen, zum ersten Mal. Drei Bestellungen, drei Schnitzel, eines davon ohne Salat, Herr Liebmann und seine Pensionisten-Freunde, pünktlich wie immer.

»Drei Schnitzel, nur zwei mit Salat«, ruft Sinan von vorne.

»Pommes kommen«, ruft Janosz von links hinten bei den Kühlschränken.

»Connie, wie rennt's?«, ruft Sinan. Ich gehe zum Waschbecken, spucke das Wasser aus, das Einzige, was beim Zwiebelschneiden hilft.

»Bin dabei, zwei Salate«, rufe ich zurück. Es geht schnell, Lin und ich sind ein eingespieltes Team. Alles ist geschnitten und sauber im Kühlschrank verstaut, nur der grüne Salat ist wie immer ein Witz, ein Viertel schmeißt man beim Waschen weg, ein Viertel am Abend. So viel Arbeit für so viel Mist. Der Minidrucker fängt wieder zu drucken an, wie immer erst bei mir an der Salatstation, dann vorne beim Herd.

»Vier Schnitzel, einmal Fisch, ein Bergsteigersalat, einmal Pommes groß«, ruft Sinan.

»Connie, machst du die Fritteuse? Ich muss den Fisch machen«, ruft Janosz.

»Hast wieder drauf vergessen?«, ruft Sinan.

»Dreihundert Schnitzel hab ich gemacht, du Vollkoffer«, schreit Janosz zurück.

»Janosz, was machst denn eigentlich da hinten?«, rufe ich.

»Du auch noch?«

»Ich will nur wissen, warum ich jetzt schon frittieren muss, obwohl's grad erst zwölf ist.«

»Ich suche Ketchup«, schreit er zurück.

»Ist das nicht nachbestellt?«, ruft Sinan. Er hat die ersten Schnitzel ins Fett geschmissen, es zischt, nichts ist so verlässlich wie heißes Fett. Ich knicke ein Salatblatt, rahme es um den Krautsalat, die gleiche Prozedur beim nächsten Salat, dann Cherrytomaten, zwei Hälften pro Salat, der Minidrucker druckt, ich überfliege die Bestellungen, greife in die rechte Schublade, hole die Marinade-Flasche heraus, schüttle sie, drücke zu, nehme beide Salate, gehe nach vorne, kleine schnelle Schritte, sonst rutscht man aus, dann war alles umsonst.

»Zwei kleine Salate, der Rest kommt gleich«, sage ich zu Sinan.

»Passt.«

»Wann kommt der Andi?«

»Wir kommen auch ohne den Andi zurecht. Es ist erst zwölf.«

»Okay.« Kleine schnelle Schritte, Janosz steht vor der Fritteuse.

»Janosz?« Er hebt den Kopf, schüttelt ihn, schaut wieder zur Fritteuse, murmelt etwas. »Was?«, frage ich. Er schaut wieder auf.

»Wir brauchen die Neue«, sagt er. Wenn er so redet und dreinschaut, könnte man glauben, er wäre Ende vierzig, nicht erst Anfang dreißig.

»Was ist da hinten?«, ruft Sinan.

»Nix, nix«, rufe ich, dann gehe ich zurück zur Salatstation.

Um drei schweigen die Minidrucker endlich. Wir stehen gemeinsam vor der Fritteuse, warten auf Pommes.

»Kannst mir bitte einen Kaffee holen?«, frage ich Sinan.

»Für mich nicht«, sagt Andi, obwohl ihn niemand gefragt hat, obwohl er schon wieder viel zu spät gekommen ist.

»Drei?«, fragt Sinan.

»Danke«, sagt Janosz, »wir gehen einmal nach hinten, die Connie und ich.«

»Aber nicht das Arbeitsgewand einsauen«, erwidert Andi. Er hat nicht einmal die Eier, mir dabei in die Augen zu schauen.

»Spar's dir einfach«, erwidere ich.

»Pass auf, was du sagst.«

»Gehen wir«, meint Janosz. Ich habe Lust, Andi brennheiße Pommes in den Mund zu stopfen, bis er Angst kriegt.

»Ja, gemma.«

»Lass dich doch nicht immer auf so was ein«, sagt Janosz, während wir nach hinten gehen.

»Das ist mein Bier, nicht deins.«

»Wenn du glaubst, dass es dich weiterbringt …«

»Das glaub ich eh nicht. Aber ich halt sicher nicht den Mund, wenn er mich so …«

»Ich weiß schon, Connie.« Draußen kalte Februarluft, blauer Himmel, alles viel zu hell. Im gegenüberliegenden Eck im Innenhof liegt ein Schlafsack, nur Haare schauen heraus. Ich zünde mir einen Tschick an, halte Janosz die Packung hin. Er nimmt auch einen heraus, lässt sich Feuer geben, ich schaue zurück zum Schlafsack.

»Mitten im Februar«, sagt Janosz.

»Mh.«

»Tiefer fallen geht nicht mehr.«

»Wie ein Sandler sein?«

»Nein, im Winter in irgendeinem windigen Innenhof zu schlafen.«

»Wo soll er denn hin?«

»Das meine ich nicht, Connie. Ich kann nur nicht verstehen, wie man dann überhaupt noch leben will, in so einer Situation.«

»Ich glaub, ich könnt's nicht, mich umbringen. Vielleicht geht ihm das auch so.«

»Ja, vielleicht hast du recht.« Er räuspert sich. »Connie.«

»Mh?«

»Das, was ich vorher sagen wollte, bevor der Sinan reingekommen ist …«

»Brauchst nix sagen, Janosz.«

»Ich will es dir nur erklären.«

»Ich will's aber nicht erklärt kriegen, Janosz, also lass es gut sein.«

»Aber …«

»Ich geh wieder rein.« Ich drehe mich weg von ihm, schmeiße den Tschickrest auf den Boden, gehe zurück in die Küche. Sinan deutet auf die Ablage, wo ein schwarzer Kaffee neben einem Riesenteller Pommes steht. Von Andi ist nichts zu sehen.

»Danke«, sage ich zu Sinan.

»Immer.«

»Ist alles in Ordnung?«

»Ja, eh. Nur das mit'm Urlaub …«

»Red mit ihr, Sinan, vielleicht musst einfach härter sein.«

»Willst mir sagen, dass ich nicht hart genug bin?«

»Sinan, komm, du weißt doch eh, was ich mein.« Ich trinke den Kaffee in einem Zug leer, bitteres, starkes Zeug, aber besser als mein altes Pulver daheim.

»Wärst eigentlich gern manchmal ein Mann?«, fragt Sinan.

»Was?«

»Wie du den Kaffee runterleerst, das ist ja wirklich nicht normal.«

»Danke, Sinan, von dir brauch ich das jetzt.«

»Was soll das jetzt heißen?«

»Ist nicht so wichtig, ich geh Marinade machen.«

»Hey, ich …« Ich lasse ihn stehen, gehe zur Salatstation, schaue in die Marinadekübel, alle halb leer oder leerer. Lin weiß, was ich mag. Sie lässt mir die Marinaden, schneidet dafür das Gemüse. Wer wäre ich ohne Lin.

Janosz besteht darauf, mich heimzubegleiten. Ich bin zu müde, um zu reden. Auf dem Unfallkrankenhaus landet ein Hubschrauber, Janosz wird langsamer, schaut hinauf.

»Ich könnte das nicht, direkt neben einem Spital wohnen«, sagt er.

»Musst eh nicht.«

»Stört dich das nicht?«

»Man gewöhnt sich dran.«

»Immerhin wohnst du im Gemeindebau.«

»Mhm.«

»Alles in Ordnung?«

»Ich bin nur müde, Janosz. Brauchst nicht mit raufkommen.«

»Ich kann schon …«

»Geh einfach heim zur Sveti.«

»Connie, wieso …«

»Ist eh nix gegen dich, ich will nur nicht, dass die Sveti einen Grant auf mich hat.«

»Wieso sollte sie das haben?«

»Das kannst dich selber fragen.« Ich drücke die riesige Klinke der Metalltür hinunter, die die Straße vom Gemeindebau trennt.

»Bis morgen«, sagt Janosz.

»Bis morgen.« Quer gehe ich über die Wiese zu Stiege zwei, schaue hinauf, immerhin habe ich das Fenster nicht offen gelassen.

In der Früh klopft es laut an der Wohnungstür. Minze miaut leise, es klopft noch einmal, Minze hüpft vom Bett, miaut lauter.

»Ich komm schon«, rufe ich, schaue aufs Handy, Samstag, acht Uhr, in einer Stunde läutet erst der Wecker. Im Pyjama gehe ich zur Tür, vielleicht hat Sveti Janosz rausgeschmissen, vielleicht hat Frau Zukić sich ausgesperrt, vielleicht ist jemand auf Stiege zwei gestorben, vielleicht will uns die Polizei alle wieder der Reihe nach befragen. Minze streicht mir um die Beine, ich sperre auf. Das Nachbarskind sieht müde aus, zerknautscht.

»Hey«, sage ich.

»Kann ich reinkommen?«

»Ist alles okay?«

»Kann ich noch mal den Kaffee runterdrücken?«

»Sicher.« Wieder keine Schuhe an den Füßen. Das Kind geht zielstrebig in die Küche. Minze folgt ihm, bleibt aber wieder in der Tür stehen.

»Ich hab keine Semmeln mehr«, sage ich, setze mich ihm gegenüber.

»Hast du was anderes?«

»Na, ich frühstücke im Rösch.«

»Was ist das Rösch?«

»Das Lokal, in dem ich arbeite. Das heißt so.«

»Kenn ich nicht.«

»Muss man auch nicht kennen.«

»Machst du Kaffee?«

»Ja.« Ich stehe auf, fülle Wasser in den Wasserkocher, leere Kaffeepulver in das Glasgestell. Irgendwo dumpfe Stimmen in der Wand. Ich schaue zum Nachbarskind, das Nachbarskind schaut zu Minze, Minze schaut weg. Eine der Stimmen wird lauter, eindeutig hinter der linken Wand, Tür siebenunddreißig.

»Ist alles in Ordnung bei deinen Eltern?«

»Ja.« Das Kind wendet den Blick nicht von Minze ab.

»Weil …«

»Es ist alles normal.«

»Okay.« Der Wasserkocher klickt, ich gieße Wasser auf das Kaffeepulver.

»Und was machst du normal so am Wochenende?«, frage ich, setze mich wieder, stelle das Kaffeegestell vor mir ab.

»Weiß ich nicht. Was machst du denn?«

»Ich muss arbeiten.«

»Immer?«

»Ja, weil ich hab immer am Montag und am Donnerstag frei. Nicht wie normale Leute am Samstag und Sonntag.«

»Mein Papa muss auch am Samstag arbeiten.«

»Ist er nicht daheim?«

»Doch, heute schon.«

»Ah.«

»Kann ich runterdrücken?« Ich nicke, schiebe dem Kind das Glasgestell hin. Es drückt den Filter mit dem gleichen konzentrierten Blick hinunter wie beim vorigen Mal. Ich schenke uns ein, das Nachbarskind trinkt zügig aus, schenkt sich gleich selbst nach.

»Hast du einen großen Hunger?«, frage ich.

»Wieso, kann ich auch in dem Lokal frühstücken?«

»Ich weiß es nicht.« Das Kind schaut an mir vorbei aus dem Fenster. Immer noch Stimmen in der Wand. »Aber probieren können wir's auf jeden Fall«, sage ich.

»Okay.«

»Aber du brauchst Schuhe.«

»Ich hol welche.«

»Dann treffen wir uns unten beim Stiegeneingang.«

»Okay.« Wieder ist das Nachbarskind viel schneller als ich, reißt die Wohnungstür auf, knallt sie zu, Minze legt die Ohren zurück, schaut zu mir.

»Sorry«, sage ich, räume die zwei Häferl und den Kaffee vom Tisch. In der Wand hören die Stimmen kurz auf, eine Tür geht auf, Kinderstimme, Frauenstimme, Männerstimme, Kinderstimme, ich verstehe nicht ein Wort. Minze hüpft auf den Tisch, ich streiche ihr über den Kopf, in der Wand wieder die Männerstimme, dann Stille, die Tür geht wieder zu. Schnell gehe ich ins Schlafzimmer, hebe das Gewand von gestern vom Boden auf, die Leggins leiern immer weiter aus. Vom

Schlafzimmer ins Bad, ich schaue in den Spiegel, besser wird es nicht. Bevor ich hinausgehe, nehme ich Minze auf den Arm, sie murrt leise, ich drücke meine Nase in das weiche Fell hinter ihren Ohren, sie krallt mir in den Oberarm.

»Bis später«, sage ich, setze sie ab, fülle ihr Futter auf, gehe los. Vor Tür fünfunddreißig immer noch Reste der Flüssigkeit. Unten vor der Stiegentür steht das Nachbarskind, Schuhe hat es an, aber keine Jacke.

»Ist das weit weg?«, fragt es.

»Das Rösch? Geht so, zehn Minuten zu Fuß.«

»Okay.«

»Ist dir nicht kalt?«

»Nein.« Es geht neben mir her, schaut immer geradeaus. »Gefällt es dir da im Zwanzigsten?«, frage ich.

»Weiß ich nicht. Was gibt es da für ein Frühstück?«

»Immer was anderes.«

»Kann ich mir was aussuchen?«

»Kommt drauf an.«

»Worauf?«

»Wer schon da ist.«

»Sind deine Kollegen scheiße?«

»Wieso?«

»Papas Kollegen sind scheiße. Und Mamas Kollegen waren auch scheiße.«

»Wo arbeiten die denn?«

»Weiß ich nicht mehr.« Ein Hubschrauber startet vom UKH-Dach, die Rotoren vibrieren in der Luft.

»Man gewöhnt sich an den Lärm«, sage ich. Der Hubschrauber fliegt Richtung Donau fort. Wir biegen ums Eck, das Rösch sieht schmuddeliger aus als sonst.

»Das ist das Rösch.«

»Das gelbe?«

»Ja, da, wo *Rösch* draufsteht.«

»Schaut aus wie *Rose.*«

»Mh, stimmt. Wir gehen hinten rein.«

»Wieso?«

»Nur so.«

»Glaubst du, ich kann ein großes Frühstück haben?«

»Das werden wir gleich wissen.« Wir gehen durch den Innenhof, die Hintertür steht offen, irgendwer ist schon da.

»Wart kurz, bitte«, sage ich, das Kind bleibt stehen. Ich schaue in die Küche, kein Mensch zu sehen.

»Hey«, rufe ich hinein.

»Connie?«, ruft Janosz von drinnen.

»Komm«, sage ich zum Nachbarskind, »nur der Janosz ist da.«

»Wer ist das?«

»Ein Freund von mir.«

»Macht der das Essen?«

»Wir machen alle das Essen.« Das Kind geht hinter mir her, ich bleibe vor den Kühlschränken stehen. »Janosz?«

»Gleich!« Das Nachbarskind schaut auf die Teigmaschine. Janosz biegt ums Eck, lässt sich nix anmerken. »Hey«, sagt er.

»Hey du.«

»Du bist wahrscheinlich ...«, sagt er in Richtung Kind.

»Von Tür siebenunddreißig«, antworte ich.

»Ah.«

»Machst du mir ein Frühstück?«, fragt das Nachbarskind. »Ich ...«

»Ist die Berta da?«, unterbreche ich es.

»Nein, die ist einkaufen.«

»Ketchup, oder wieso?«

»Auch.«

»Machst du mir ein Frühstück?«, fragt das Kind noch einmal.

»Ich mach uns ein Frühstück«, sage ich.

»Wann?«

»Gleich, ich muss mich nur umziehen. Janosz, passt du kurz auf?«

»Kann ich machen«, sagt Janosz, grinst.

»Brauchst gar nicht so grinsen.« Ich gehe einmal durch die Küche durch, gegenüber von den Klos ist der Lagerraum. Kein Zutritt steht auf der Tür, ich sperre auf, es gibt nur einen Spind für alle Küchenhilfen, kein Schloss. Ich ziehe mich bis auf Unterwäsche und Socken aus, gehe zum Wäschestapel neben den Strohhalmpackungen. Wieder keine Größe M da, ich nehme eine Hose in L, dazu ein Kochhemd in S, erst das Hemd, dann die Hose, ziehe sie hinauf bis zur Taille, dann den roten Vorbinder darüber. Wenn die Vorbinderschnüre eng genug sind, rutscht die Hose nicht, man muss es nur wissen. Ich hole die Schuhe aus dem Spind. Während ich hineinschlüpfe, binde ich die Haare zusammen, Haarnetz darüber. Gut, dass es keinen Spiegel gibt. Zurück in die Küche, kleine schnelle Schritte, obwohl es noch gar nicht nass ist.

»Jetzt warst du aber flott«, sagt Janosz, der am Herd steht, drei Eier in einer Pfanne, Speckstreifen in einer zweiten.

»Wo …?«

»Hinten, beim Fleisch.«

»Ah.« Ich gehe ums Eck, das Nachbarskind steht vor dem mittleren offenen Kühlschrank.

»Ist das ein ganzes Schwein?«, fragt es sichtbar beeindruckt.

»Die werden so gezüchtet. Nicht alle von denen sind so groß.« Ich stelle mich neben das Kind, schaue auch auf die Schweinehälfte, die am Haken hängt.

»Wieso reißt es nicht ab?«

»Das hab ich mich auch immer gefragt.«

»Hast du nicht nachgefragt?«

»Na, nie.«

»Aber der ist doch nett.« Es schaut Richtung Fritteuse.

»Der Janosz? Ja. Aber er weiß sicher auch nicht, warum das nicht reißt.«

»Ist er dumm?«

»Na, aber das hat was mit Physik zu tun, da sind wir alle nicht gut drin.«

»Wo sind wir nicht gut drin?«, fragt Janosz. Ich gehe einen Schritt zurück, er steht mit drei Tellern da, stellt sie auf die Ablage neben der Teigmaschine. Ich mache die Kühlschranktür zu, bedanke mich bei Janosz. Er hat sich Mühe gegeben, neben dem Ei sind die Speckstreifen in einem Dreieck arrangiert, sogar Butter hat er auf die Brote geschmiert.

»Mit Liebe gemacht«, sagt er ernst.

»Welcher ist meiner?«, fragt das Nachbarskind.

»Ganz egal, alle sind gleich groß«, sagt Janosz. Das Kind nimmt einen Teller, fängt zu essen an. »Du bist aber ganz schön hungrig«, meint Janosz.

»Ja.«

»Habt ihr daheim …«

»Mahlzeit«, sage ich. Janosz gibt mir einen Teller, schaut mich ernst an. Ich fange auch an zu essen, es fehlt Salz, ich gehe zur Fritteuse, hole den großen Streuer. Das Kind schaut kurz den Streuer an, dann mich.

»Wofür ist das?«

»Für Pommes und anderes Frittiergut. Magst du auch was?«

»Nein, zu viel Salz ist ungesund.«

»Du isst gerade Speck, das ist auch ungesund.«

»Oh«, sagt Janosz.

»Was denn?«, frage ich.

»Darfst du das überhaupt?«

»Was?«, fragt das Nachbarskind.

»Speck essen. Weil …«

»Sieht ja keiner«, sagt das Kind, isst unbeeindruckt weiter. Ich streue vorsichtig Salz über das Spiegelei, im Hintergrund brummt der Ofen.

»Wieso ist der Ofen eingeschaltet?«, frage ich.

»Rindsrouladen«, antwortet Janosz.

»Am Samstag?«

»Hat mich auch gewundert, aber du weißt ja, wie es ist.«

»Mh.«

»Ich bin fertig«, sagt das Kind, der Teller ist leer. Es stößt sich von der Ablage ab. »Bis morgen.« Es geht so selbstverständlich Richtung Hinterausgang, als wäre es schon dutzendfach da gewesen.

»Connie, Connie«, sagt Janosz, kaum, dass das Nachbarskind fort ist.

»Was denn.«

»Was machst du da für einen Blödsinn? Was ist das für ein Kind, mh?«

»Hab ich dir eh erzählt, das neue Nachbarskind.«

»Ja, schon, aber warum nimmst du das einfach mit? Was glaubst du, was die Berta gesagt hätte, wenn sie da gewesen wär?«

»Dann wär ich eh allein reingekommen.«

»Ja, ja.«

»Was ist denn jetzt bitte dein Problem?«

»Dass dir alles egal ist, Connie. Ob sie dich rausschmeißt, weil du einfach so ein wildfremdes Kind mit in die Küche bringst. Oder wie die Eltern das finden, dass du ihr Kind einfach mitnimmst. Die hast du sicher nicht gefragt, oder?«

»Wir haben nicht alle Eltern wie du.«

»Du hast keine Ahnung von meinen Eltern.«

»Und du keine von meinen Nachbarn.«

»Connie, lenk nicht vom Thema ab. Glaubst du nicht, dass du erst dein eigenes Leben in den Griff kriegen müsstest, bevor du ein Kind mit reinzerrst?«

»Janosz, hör einfach auf, du machst dich zum Affen.«

»Ich hör liebend gerne auf. Es ist sowieso völlig umsonst mit dir.«

»Ich geh Salat waschen.«

»Mach, was du willst.«

»Fick dich, Janosz.«

»Ja, ja.«

Lin kommt pünktlich um zehn. Immer schaut sie zufrieden aus, ausgeschlafen. Manchmal überlege ich, ob ich sie nach ihrem Geheimnis fragen soll. Lin, wie wird man sechzig und schaut so ausgeschlafen aus, obwohl man in einer Küche arbeitet, obwohl man seit drei Wochen ständig ins Rösch kommen muss, weil die dritte Küchenhilfe es nicht mehr ausgehalten hat und gegangen ist.

»Und?«, fragt sie.

»Nix Neues. Rindsrouladen.« Sie nickt, lässt sich nichts anmerken. »Ich hab schon Salat gewaschen.«

»Sehr gut. Wie viel Kraut ist noch da?«

»Köpfe oder gehachelt?«

»Gehachelt. Köpfe sind nie das Problem.« Sie lächelt.

»Ich geh nachschauen.« Kleine schnelle Schritte, ein feuchter Film auf dem Boden. Janosz steht neben dem Herd, es riecht nach Wein und Butter. Der große Saucentopf steht mittig auf dem Herd, hoffentlich bleibt etwas für uns übrig. Janosz rollt Rouladen, schaut nicht auf. Im Kühlschrank ist nur noch ein Kübel gehacheltes Kraut, ich nehme zwei Köpfe und einen Kübel mit, das Wochenende ist noch lang. Lin seufzt, als ich zurückkomme.

»Ich weiß«, sage ich.

»Du oder ich?«

»Schere, Stein, Papier?«

»Du wirst verlieren, Connie, wie immer.« Sie gewinnt, Papier auf Stein. »Dafür mach ich nachher die Pfannen sauber«, sagt sie.

»Immerhin.« Ich zwinkere ihr zu, sie lächelt, widmet sich den Cherrytomaten.

»Und die neue Kollegin?«, fragt sie.

»Die Berta sagt, sie kommt bald.«

»Mh.«

»Aber die Berta sagt viel.«

»Die Berta ist eine gute Chefin, Connie, das darfst du nicht vergessen. Woanders ist es viel schlimmer.«

»Ja, weiß ich eh.«

»Dann weniger schimpfen, mehr hacheln.« Ich hole die große Reibe heraus, nehme den Schutz über der Schneide ab. Wenig in dieser Küche ist so gefährlich wie diese Reibe. Ich merke Lins Blick auf mir.

»Ich pass schon auf, Lin, ich mach das nicht erst seit gestern.«

»Gut.« Ich teile den Krautkopf, lege eine Hälfte auf die Reibe, wenig Druck reicht aus, von links nach rechts, von rechts nach links, das Kraut fällt fein gehachelt in den Kübel. Was macht das Nachbarskind jetzt wohl gerade? Vielleicht ist es heimgegangen. Vielleicht ist es draußen geblieben, beim Spielplatz vom UKH. Vielleicht ist es zu alt für so etwas.

»Servus«, sagt Andi, der auf einmal hinter uns steht.

»Guten Morgen, Andi«, erwidert Lin. Ich sage nichts, hachle nur weiter.

»Connie, was ist denn mit dem Ofen?«, fragt Andi.

»Was soll sein mit ihm?«

»Das Lamperl.«

»Das ist hin, seit ein paar Wochen schon. Hab ich dir schon gesagt.«

»Mir?«

»Ja, dir.«

»Sicher nicht.«

»Ganz sicher, Andi.«

»Wär ja nicht das erste Mal, dass du schwindelst.« Ich höre auf zu hacheln.

»Was willst mir sagen, Andi, mh?«

»Brauchst gar nicht so eine Diva spielen, Connie. Tu einfach weiterhacheln, das kannst wenigstens.«

»Es …«

»Wann wird er repariert?«, unterbricht mich Lin ruhig.

»Wer?«, fragt Andi.

»Der Ofen.«

»Ich ruf nachher einen Spezl an.«

»Gut. Und wer …«, sagt Lin, aber Andi hat sich schon weggedreht.

Alle außer Lin rauchen, wir sitzen gemeinsam im Gastgarten. Berta raucht langsam, zieht am Tschick wie an einem Ofen. Sinan, Andi, Janosz und ich rauchen anders. Uns gehört das Rösch aber auch nicht.

»Wie heißt die neue Kollegin eigentlich?«, fragt Lin, nippt an ihrem Himbeersoda.

»Hannah«, sagt Berta. »Deutsch kann sie, das ist die Hauptsache. Am Dienstag kommt's und die Connie schult sie ein.« Sie schaut mich ernst an.

»Die Lin könnt's sicher besser«, erwidert Andi.

»Das entscheid aber ich, nicht du«, sagt Berta.

»Ich sag's ja nur.«

»Will aber keiner hören«, sage ich.

»Ich gehe heim«, meint Lin, »Connie?«

»Ja, ich komm mit.« Ich drücke den Tschick im Aschenbecher aus, schaue kurz seitlich zu Janosz. Er zieht nur die Augenbrauen hinauf.

Lin und ich gehen langsam Richtung UKH, ich weiß, dass ihr der rechte Fuß zu schaffen macht.

»Das muss aufhören, Connie«, sagt sie.

»Was?«

»Ich bin doch auf deiner Seite. Aber hör auf mit dem Blödsinn.«

»Den Andi meinst.«

»Nicht nur den Andi, auch die anderen. Du musst aufpassen.«

»Was soll mir denn passieren?«

»Du bist doch gescheit, Connie. Wann ist es je gut für Frauen ausgegangen, die laut waren? Ich will nicht, dass dir auch noch was passiert, also hör auf mich.«

»Mh.«

»Halt sie dir auf Distanz, die Männer. Auch den Janosz.«

»Was meinst damit?«

»Connie.«

»Ja, okay.« Wir sind am Allerheiligenplatz angekommen, Lin streicht mir über den Arm.

»Komm gut heim«, sagt sie warm.

»Du auch, bis morgen.«

»Bussi.«

»Bussi.« Sie bleibt an der Nachtbushaltestelle stehen, die Zeiten weiß sie seit Jahren auswendig.

VIER

Am nächsten Tag in der Früh läutet es wieder, sicher das Nachbarskind. Minze springt auf, rennt aus dem Zimmer. Ich sperre die Wohnungstür auf, Frau Laslo steht in ihrem karierten Pyjama vor mir, den sie Hausanzug nennt.

»Komm«, sagt sie.

»Wohin?«

»Komm einfach mit, Connie, ist gleich da.«

»Tür siebenunddreißig?«

»Nein, wieso siebenunddreißig? Die sind doch gerade erst hergekommen. Um die fünfunddreißig geht's.«

»Ist was passiert?«

»Sag ich ja, also komm bitte mit.« Ich schlüpfe in meine Schuhe, nehme den Schlüssel vom Haken, schiebe Minze vorsichtig mit dem Fuß auf die Seite. »Ich glaube, es ist Blut«, sagt Frau Laslo leise, hält meinen Blick fest.

»Die Flüssigkeit?«

»Ja, schau.« Wir stehen schräg vor Tür fünfunddreißig, auf dem Boden hat sich der Rest Flüssigkeit zu einem dichten dunklen Fleck zusammengezogen.

»Ich glaub nicht, dass das Blut ist. Vor ein paar Tagen hat das noch anders ausgeschaut, nicht wie Blut. Ich weiß ja, wie das ausschaut.«

»Stimmt. Also holen wir nicht die Polizei?«

»Haben Sie was gehört, Frau Laslo? Einen Streit oder so?«

»Mit wem soll er sich streiten, der Alte.«

»Mit seiner Tochter vielleicht.«

»Das ist nicht seine Tochter, Connie, sei nicht dumm.«

»Aha.«

»Gut.«

»Ich geh wieder ins Bett.«

»Ja, das machst. Du schaust müde aus.« Ich gehe zurück in die Wohnung, Minze streicht um meine Beine, ich leere ihr Futter in den Napf, schaue auf die Uhr, halb acht. So viel Zeit, die ich noch hätte schlafen können. Ich setze mich mit einem Glas Milch an den Küchentisch, schaue aus dem Fenster, im UKH sind fast alle Lichter an, bestimmt müssen die Kranken alle schon um sechs in der Früh frühstücken. Ich schaue die Wand an, kein Schreien dahinter, vielleicht haben sich die Nachbarskindeltern beruhigt.

Minze hüpft zu mir auf die Bank, reibt ihr Gesicht an meinem Arm. Ich kraule ihr die Ohren, sie hält still, bis sie genug hat, dann geht sie. Ich stehe auf, das französische Glasgestell steht noch in der Abwasch, ich spüle es aus, löffle Kaffeepulver hinein, koche Wasser, immer noch Stille in der Wand, ich leere Wasser auf das Pulver. Kein Klopfen an der Tür, ich drücke den Filter hinunter, gieße mir Kaffee zur kalten Milch, setze mich damit zurück ins Bett, nehme das Handy her. Drei verpasste Anrufe von Mama. Ich trinke einen großen Schluck Kaffee, der immer noch grauslich schmeckt. Ich tippe die Rückruf-Option an, es läutet.

»Constanze«, geht sie ans Handy.

»Hallo, Mama.«

»Wieso bist du schon munter? Ist wer bei dir? Hast du …?«

»Warum rufst du mich dauernd an?«

»Ich will nur wissen, was sich tut bei dir.«

»Ist dir fad, Mama? Oder brauchst Geld?«

»Constanze.«

»Was?«

»So was fragt man seine Mutter nicht.«

»Sagt wer?«

»Hör mir zu, Kind, was ich dir erzählen will, ich hab vor ein paar Tagen den Peppi getroffen, weißt eh, den Peppi vom Dings, wie heißt er mit Nachnamen, weiß ich jetzt nicht mehr auf die Schnelle, auf jeden Fall hat er gesagt, er hat deinen Papa im Internet gefunden, kannst du das glauben, einfach so im Internet. Und jetzt ...«

»Und jetzt willst, dass ich mich drum kümmer.«

»Es geht um deinen Vater.«

»Nicht darum, dass du Geld brauchst und er vielleicht noch was hat?«

»Constanze, was ist mit dir, was sagst du denn für Sachen? Geht's dir nicht gut?«

»Na, Mama, aber du rufst mich die ganze Zeit an und jetzt erzählst mir, dass irgendein Trottel-Kollege vom Papa ihn im Internet gefunden hat. Glaubst, mich interessiert das? Glaubst, ich brauch den? Zehn Jahre ist er jetzt fort, der kann da bleiben, wo er ist, ist mir gleich.«

»Constanze ...«

»Und Geld hat er fix nicht, Mama.«

»Du kannst es ja wenigstens probieren, auf dich hört er vielleicht.«

»Sicher nicht, der hat mich offensichtlich komplett vergessen, schon lang.«

»Constanze, du weißt eh ...« Ihre Stimme zittert. Immer die gleiche Nummer, der gleiche Auftritt, die Mindestsicherung ist aufgebraucht, weg ist die Marie.

»Hör auf, Mama, bitte ...«

»Wir haben's verdient, oder nicht?«

»Was, Mama?«

»Dass er gegangen ist.« Das Selbstmitleid, jedes Mal aufs Neue.

»Mama.«

»Ich wär auch gegangen, weißt? Wenn ich der Mann gewesen wär. Nur g'scheiter wär ich gewesen, das schwör ich dir«, sie lacht auf. »Ich hätt alles abmontiert, was ich hätt verkaufen können. Und Gewand hätt ich mir eingepackt. Die ganzen Videokassetten, so ein Wahnsinn. Wer nimmt Videokassetten mit, wenn er sich schleicht, das frag ich mich bis heut. Das würd ich ihn fragen, weißt, was er sich dabei gedacht hat. Oder …«

»Mama, ich muss auflegen.«

»Wo musst du denn hin?«

»Arbeiten, Knödel machen.«

»Ach so. Dann grüß mir die Berta recht herzlich.«

»Mach ich.«

»Und deinen scharfen Kollegen, wie heißt der noch einmal?«

»Mama, hör auf.«

»Was, ich sag's ja nur, grüß ihn ganz lieb von mir und richt ihm aus, dass er …« Schnell lege ich auf, drehe das Handy um, trinke noch einen Schluck Kaffee. Alles zum Speiben.

Janosz steht draußen und raucht, als ich ankomme. Wortlos gibt er mir seinen Tschick, zündet sich einen neuen an. Ich ziehe, der erste am Tag ist der beste.

»Und?«, fragt er.

»Was, und?«

»Fertig schaust du aus.«

»Gleichfalls.«

»Kein Kind dabei heute?«

»Janosz, komm, hör auf. Bitte.«

»Okay. Ich mach mir nur Sorgen, Connie.«

»Brauchst dir keine machen.«

»Wieso schaust du dann so fertig aus?«

»Nur so.«

»Schlecht geschlafen?«

»Eine Nachbarin hat mich aufgeweckt, so eine paranoide.«

»Oje, so eine haben wir auch.«

»Mh.«

»Eigentlich müssen sie einem leidtun.«

»Nicht wirklich. Das ist ja nicht mein Bier, dass die Probleme hat.«

»Hast du das dem Kind auch gesagt?«

»Ein Kind kann nix dafür. Ein Kind ist ein Kind, Janosz.«

»Mh.«

»Wenn ihr irgendwann eins habts, die Sveti und du«, frage ich, »was glaubst, wem es ähnlich schauen wird? Mehr dir oder mehr ihr?«

»Keine Ahnung, Connie, was ist das für eine komische Frage.«

»Eine normale.«

»An dir gibt's nichts Normales.«

»Lenk nicht vom Thema ab.«

»Ich hoffe, es schaut wie die Sveti aus.«

»Weil sie so schön ist?«

»Komm, wir gehen rein.«

Svetlana schaut aus wie eine Schaufensterpuppe. Sie arbeitet im Douglas, in der Naturkosmetikabteilung. Janosz sagt, sogar dort ist sie die Schönste. Sie kennen sich aus der Hauptschule, die gleiche Muttersprache, die gleichen Freunde. Mit sechzehn hatte sie eine Abtreibung, irgendetwas ist schiefgegangen, jetzt ist es schwierig. Sie mag nicht mit Janosz darüber reden, deswegen redet er manchmal mit mir darüber. Sie mag mich nicht, aber sie mag allgemein keine Frauen, sagt Janosz.

Um zehn druckt der Minidrucker die letzte Bestellung, Topfennockerl mit Himbeersauce und Schlag. Neben mir putzt

Lin den Kühlschrank, wie immer am Sonntagabend. Wenn die Inspektion überhaupt kommt, dann am Montag, da haben sie noch Energie, sagt Berta immer. Da haben sie sich noch nicht niedergesoffen, sagt Andi, er muss es ja wissen. Ich schaue die Kübel und Boxen an, die Lin herausgestellt hat, Gurken von vorgestern, geht sich also nicht aus, Tomaten auch nicht, geschnittene Zwiebel sowieso nicht, Paprika von heute, immerhin. Ich schiebe alles, was bleiben kann, nach rechts, damit Lin es wieder einräumen kann. Dann mache ich alle restlichen Deckel auf, staple sie in der kleinen Abwasch.

»Burschen«, rufe ich.

»Ist's schon so weit?«, fragt Sinan.

»Ja, bereit?«, rufe ich.

»Nicht so laut, Connie, du ruinierst dir noch die Stimme«, meint Lin.

»Bereit«, rufen Sinan und Janosz. Andi sagt nichts, aber der nimmt sowieso nie Reste mit, wahrscheinlich isst er kein Gemüse, nur Erdäpfel, Fleisch, Sauce.

»Geht schon«, sagt Lin.

»Halber Kübel geschnittene Zwiebel«, rufe ich.

»Ich, bitte«, schreit Sinan.

»Sieben Gurken.«

»Ich nehme zwei«, ruft Janosz.

»Ich auch«, sagt Lin.

»Lin auch zwei, ich eine, dann bleiben zwei. Sinan?«, rufe ich.

»Danke, brauch ich nicht.«

»Dann noch eine dreiviertel Box Tomaten.«

»Ganz oder geschnitten?«, ruft Sinan.

»Geschnitten.«

»Na, danke.«

»Ich auch nicht«, ruft Janosz. Ich schaue zu Lin, sie schüttelt den Kopf. Dann nehme ich sie eben.

»Das war's von uns«, rufe ich.

»Brot und Fleisch gibt's gleich draußen«, schreit Sinan. Ich schiebe alles zusammen, was zusammengehört, nehme die zwei Gurken, die keiner will, schmeiße sie in den Mist, direkt auf den Salat. Grün auf grün.

»Komm, Connie, das letzte Stück noch«, sagt Lin.

»Welchen Abwasch magst du machen?«

»Ich wasche vorne ab, wenn du wischst.«

»Mh.« Ich schaue auf den öligen Boden. »Okay.«

Köche putzen aus Prinzip nicht, das machen nur Küchenhilfen. Mama fragt mich immer wieder, ob es nicht viel zu grauslich ist, der ganze Abwasch, der Dreck. Wenn man weiß, wie es sauber ausschaut, dann geht es schon, sage ich dann. Sie versteht es nicht. Aber Mama würde lieber eine Niere verkaufen, bevor sie in der Gastro arbeitet. An der Kassa arbeiten hat ihr gereicht, sogar da hat sie versagt.

Ich schalte den Hauptküchenschalter aus, stecke den Wischmopp ein letztes Mal in den Putzkübel, es fehlen nur noch die paar Meter neben den Kühlschränken. Vom Liefereingang her kommt ein Geräusch, ein leises Husten. Ich schaue kurz hin, aber keiner ist da. Wer auch, um diese Uhrzeit. Ich wische in einer ausladenden Bewegung, links, rechts, links.

»Connie«, sagt Andi laut.

»Oida«, zische ich, Wummern in der Brust. Er steht in der Hintertür, sicher ist er schon paniert, das Bier kann ich ihm am Blick ablesen.

»Du musst dich z'sammreißen«, lallt er.

»Und du musst dich schleichen.«

»Hör mir zu.«

»Ich muss da fertig wischen, Andi.«

»Du bringst gar nix fertig, Connie, gar nix.«

»Was ist dein Problem?«

»Du.«

»Ja, gleichfalls.«

»Du glaubst, du bist so super, weil dich alle gernhaben«, lallt er, »aber eigentlich, eigentlich wollen's dich alle nur budern, weißt. Du …« Er lacht. »Du Sau, du spielst denen allen was vor, der Berta, den Burschen auch, und ich bin der Einzige, der weiß, wer du in echt bist. Und nur, weil ich so ein Guter bin, ein so ein guter Mensch, bist noch da, ich könnt dich raushauen, jetzt oder morgen oder wann ich will, aber du …«

»Ich schuld dir nix, Andi. Ich schuld gar niemandem was. Dir am allerwenigsten.«

»Wirst es schon noch sehen, Connie.«

»Vertschüss dich.«

»Ich könnt machen, was ich will, Connie. Keiner würd dir glauben.«

»Schleich dich.«

»Pass auf, ich sag's dir, Connie, pass auf. Du sitzt am Schleudersitz.« Er grinst, seine Haut glänzt vom Fett oder vom Schweiß oder vom Alkohol. Wenn ich ihm gegen die Brust treten würde, würde er umfallen wie ein Fass Öl. Ich könnte der Polizei später einfach sagen, er hat das Gleichgewicht verloren.

Andi dreht sich weg, wankt einen Schritt Richtung Innenhof, dann nach rechts. Ich schaue auf das dreckige Putzwasser, auf meine Hand, die den Wischmopp hält, die ganz weiß ist. Ich lockere den Griff, wringe doch noch einmal aus, drücke den Wischmopp fest auf den Boden, sammle innerlich alle Flüche, die ich kenne, reihe sie aneinander, bis ich fertig bin.

Ich gehe heim, ohne mich zu verabschieden. Meine Handgelenke tun weh, vom Pfannenschrubben oder vom Wischen oder von allem. Frau Zukić steht vor der Stiegentür, ohne zu rauchen, es ist ja Sonntag.

»So spät kommst du heim?«, begrüßt sie mich.

»Ja, ich …«

»Erfind mir was, Connie. Eine Geschichte für den Abend. Mit wem bist du fort gewesen?«

»Ich …«

»Die Wahrheit ist zu traurig, ich halt sie nicht aus. Bitte, Connie, erzähl mir was, erfind mir einfach was, irgendwas Gutes.« Ihre Augen bewegen sich langsam, ihre Fahne ist rau, Sliwowitz wahrscheinlich. Ich räuspere mich, denke nach, schiebe die Flüche von vorhin zur Seite, überlege mir eine Geschichte.

»Ich war bei einem daheim«, sage ich dann.

»Bei wem? Wo hast du den her?«

»Ich war tanzen, mit … mit dem Janosz und dem Sinan und der Sveti, das ist die Freundin vom Janosz.«

»Und dann?«

»Und dann hat mir einer gut gefallen, einer, der in so einer Ecke gestanden ist.«

»War es gar nicht dunkel?«

»Doch, doch, aber mit der Discokugel …«

»Ah, und dann?«

»Und dann bin ich rüber zu ihm und hab ihn gefragt, wie er heißt.«

»Er war sicher ein Jugo.«

»Na, ein Wiener.«

»Die Hälfte von den Wienern sind Jugos, Connie. Wie hat er geheißen?« Mir fällt kein Name ein, obwohl ich ihn mir gut vorstellen kann, einen großen Mann mit Bart, der nach einem guten Aftershave riecht.

»Wie dein Schwager.«

»Der tote? Der Dragan?«

»Ja, genau.«

»Schau, ein Jugo, hab ich's doch gewusst.« Sie grinst, im Stiegenlicht kann man nicht sehen, ob die Flecken auf ihren Schneidezähnen vom Lippenstift oder vom Rotwein kommen.

»Und dann haben wir geschmust.«

»Wie, einfach so?«

»Ja, einfach so.«

»Warst du so verzweifelt?«

»Na, nur …«

»Ich weiß schon, Connie, ich weiß schon.« Sie grinst noch breiter.

»Ich hab nur nicht reden wollen.«

»Mh.«

»Und dann sind wir heim zu ihm.«

»Hast du gut aufgepasst?«

»Ich pass immer auf.«

»Hat er schon geschlafen, wie du gegangen bist?«

»Ja, ich hab mich rausgeschlichen.«

»Sehr gut.« Sie schaut in den dunklen Himmel über uns. »Früher, wie ich jung war, da war das alles noch ganz anders. Und ich vergönn's euch, dir und deiner Generation, aber manchmal …« Sie schaut zurück zu mir. »Egal, vergiss es, hör nicht auf mich, ich bin alt, mein Mann ist weg, mein Land ist weg, ich kann dir nix beibringen.«

»Ich muss jetzt eh schlafen gehen.«

»Sicher, Connie, schlaf gut.«

»Gute Nacht.«

»Gute Nacht.«

FÜNF

Irgendwann am Vormittag höre ich Minze speiben. Ich stehe auf, mein Nacken tut weh, Minze hockt würgend vor der Wohnungstür. Ich knie mich neben sie, streichle ihr Fell, rede ihr gut zu. Irgendwann hört sie auf zu würgen, fängt stattdessen an, sich zu putzen. Ich hole die Flasche Fensterreiniger, sprühe die Speiberei an, wische sie auf, nehme ein Gratissupermarktsackerl, schmeiße alles hinein, mache die Wohnungstür auf, lege das Sackerl davor hin.

»Hey«, sagt die Kinderstimme. Ich stecke den Kopf aus der Tür. Das Nachbarskind sitzt an Tür siebenunddreißig gelehnt, barfuß, in einem Pyjama mit Piratenmuster.

»Hey.«

»Stehst du jetzt erst auf?«

»Ja, ich hab lang arbeiten müssen.« Es bleibt sitzen, schaut mich nur weiter an.

»Wieso arbeitest du immer?«

»Weil ich Miete zahlen muss.«

»Aber wir sind im Gemeindebau.«

»Trotzdem, ich bin ja ganz allein.«

»Nein, du hast eine Katze.«

»Das muss auch ich alles bezahlen.«

»Kannst du dir nicht Mindestsicherung holen?«

»Ja, vielleicht. Aber …«

»Aber dann wär dir fad.«

»Na, aber dann müsst ich zu so Kursen gehen.«

»Was für Kurse?«

»So AMS-Kurse. Wie man einen Job findet und so. Magst du eigentlich reinkommen?«

Das Kind schaut kurz hinter sich auf die Wohnungstür, dann zu mir.

»Hast du Semmeln?«

»Na, leider nicht.«

»Und Kaffee?«

»Ja, sicher. Und Reste von gestern, vom Rösch.«

»Okay.« Beim Aufstehen klopft es sich so konzentriert die Oberschenkel ab, als hätte es gerade am Bau gearbeitet.

Wir essen Tomatensalat mit kalten Rindsrouladen. Das Kind isst hastig, schluckt große Stücke. Ich warte, dass es den Kaffeefilter hinunterdrückt, aber es schaut nicht einmal hin. Ich drücke den Filter langsam hinunter. Das Nachbarskind rülpst.

»Hast du immer so viel Hunger?«, frage ich.

»Ich bin noch am Wachsen.«

»Was ist deine Leibspeise?«

»Weiß ich nicht, so was hab ich nicht.« Ich schenke uns beiden Kaffee ein.

»Wie heißen eigentlich deine Eltern?« Das Kind hält inne, schaut auf.

»Wieso?«

»Wenn ich sie noch mal seh. Dann weiß ich, wie sie heißen.«

»Du weißt ja noch nicht einmal, wie ich heiße.«

»Habt ihr schon einen Namen für das Baby?«

»Ja, schon lang.«

»Und?«

»Das bringt Unglück.«

»Was?«

»Wenn ich den Namen verrate.«

»Auch wenn du mir die von deinen Eltern sagst?«

»Das musst du sie selber fragen.«

»Mh.« Ich trinke einen Schluck Kaffee. »Wie würde das Baby heißen, wenn du es dir ganz allein aussuchen könntest?«

»Ein Bub oder ein Mädchen?«

»Beides.«

»Lukas oder Lisa«, sagt das Nachbarskind wie aus der Pistole geschossen.

»Wieso solche Namen?«

»Was für Namen?«

»So Allerweltsnamen.«

»Weil die muss man nicht buchstabieren.«

»Mh.« Ich lege dem Kind noch eine Roulade auf den Teller.

»Was machen wir danach?«, fragt es.

»Wie, danach?«

»Nach dem Essen.«

»Also ich muss die Wohnung putzen.« Es schaut von mir zum Fenster zur Abwasch.

»Wieso? Es ist voll sauber.«

»Alles staubt ein, da muss man dahinter sein.«

»Aber das ist fad. Ich will weg.«

»Von wo?«

»Von da. Alles ist so schirch, das Spital und so.«

»Wir können in den Ersten gehen«, schlage ich vor.

»Aber ich hab kein Geld.«

»Ich auch nicht, aber man braucht auch nicht unbedingt Geld. Wir können ja schlendern, flanieren. Das hat meine Mama früher mit mir gemacht.«

»Kommt die auch?«

»Meine Mama?«

»Ja.«

»Wieso soll die auch kommen?«

»Weil die sich auskennt.«

»Meine Mama ist nicht so einfach, die lad ich lieber nicht ein.«

»Meine Mama ist auch nicht so einfach.«

»Wieso?«

»Gehen wir jetzt?«

»Du hast einen Pyjama an. Und keine Schuhe.«

»Ich hol welche.«

»Dann treffen wir uns unten.«

»Okay.« Ich mache mir keine Mühe, mit zur Tür zu gehen. Neuen Kaffee habe ich immer noch nicht gekauft, der alte schmeckt staubig. Ich leere Milch hinein, es wird nicht besser. Ich stelle alles in die Abwasch, ziehe mich an, putze mir die Zähne am Klo. Im ersten Stock vor Tür vier stehen Frau Zukić, Frau Laslo und ihr Sohn Rudi, der warum auch immer einen Anzug anhat.

»Hey, Connie«, sagt er.

»Hey, Rudi.«

»Connie«, sagt Frau Zukić, »gerade haben wir über dich geredet.«

»Echt? Wieso denn?«

»Weil du so viel arbeitest«, sagt Frau Laslo.

»Wir wollen dich nicht irgendwann von der Stiege kratzen«, meint Frau Zukić.

»Man braucht auch ein Leben«, sagt Rudi.

»Ich hab ein Leben«, entgegne ich.

»Ich muss einmal mit der Berta reden, so geht das wirklich nicht«, meint Frau Zukić. Rudi und Frau Laslo nicken.

»Bald kommt eine Neue«, sage ich.

»Wird auch Zeit. Dass du noch bei ihr bist, das ist schon ein Wahnsinn.«

»Wo soll ich denn hin?«

»Connie, komm, jeder Trottel mit einem Beisl braucht wen in der Küche. Irgendeinen, dem eine Fritteuse keine Angst einjagt.«

»Ist ja gleich, es kommt eh bald die Neue.«

»Und jetzt, was tust?«, fragt Rudi. »Ich geh für die Mutti einkaufen, wenn du magst, könnten wir …«

»Ich hab was vor, danke.«

»Ich …«

»Wieso hast du eigentlich einen Anzug an?«

»Ich war beim AMS.«

»Du gehst im Anzug zum AMS?«

»Ich brauch eine Hacken, und das geht besser mit einem Anzug, sagt die Mutti.« Frau Laslo nickt wichtig, obwohl sie seit dreißig Jahren nicht mehr gearbeitet hat, irgendetwas mit dem Kreuz hat ihr das Leben kaputtgemacht. Schön war sie, sagt Frau Zukić, eine schöne Buchhalterin mit langen Haaren, mit einem feschen Mann, einem süßen Buben.

»Ich geh los, bis später«, sage ich, nicke den dreien zu. Frau Zukić nickt zurück, Frau Laslo schaut nachdenklich ihren Sohn an.

»Vielleicht wär's mit einer anderen Krawatte besser gewesen«, höre ich sie noch sagen, dann bin ich schon draußen.

»Wieso hast du so lang gebraucht?«, fragt das Nachbarskind, das immer noch den Pyjama anhat, aber mittlerweile eine Jacke darüber, außerdem Schuhe an den Füßen.

»Sorry, die haben mich aufgehalten.«

»Die zwei Alten und der graue Mann?«

»Ja.«

»Kennst du die?«

»Ja, die wohnen schon ewig da. Frau Zukić und Frau Laslo und der Sohn von Frau Laslo, der heißt Rudi.«

»Die stirbt bald.«

»Wer?«

»Die eine, die so angemalt ist.«

»Die Frau Zukić. Wieso glaubst denn das?« Langsam gehen wir Richtung Pasettistraße.

»Das sagt meine Mama, dass die bald stirbt.«
»Und woher will deine Mama das wissen?«
»Die hat immer recht mit so was. Die sagt auch, mit dem Baby stimmt was nicht.«
»Was soll denn nicht stimmen?«
»Wo gehen wir hin?«
»In den ersten Bezirk, haben wir doch gesagt.«
»Zu Fuß?«
»Hast du noch was vor?«
»Nein.«
»Eben. Zu Fuß ist eh besser wie in der U-Bahn.«
»Aber es ist voll kalt.« Ich wickle mir den Schal vom Hals, gebe ihn dem Kind.
»Warst du schon mal im Ersten?«, frage ich.
»Ja, im Museum und so.«
»Mit deinen Eltern?«
»Mit der Schule.«
»In welcher Klasse bist du eigentlich?«
»Willst du ein Buch schreiben über mich, oder was?« Das Nachbarskind grinst, mir kommt vor, zum ersten Mal, seit ich es kenne.
»Ja, vielleicht, wenn ich damit berühmt werd«, antworte ich, grinse mit dem Kind mit.
»Und reich.«
»Ja genau, und reich.«
»Dann musst du nicht mehr mit der U-Bahn fahren, weil dann kannst du dir eine Limousine kaufen, mit so einem Fahrer.«
»Und eine Wohnung im Ersten, eine Dachwohnung vielleicht.« Das Nachbarskind kichert.
»Ich bin in der dritten Klasse«, sagt es dann.
»Also noch ein Jahr und dann musst dich entscheiden.«

»Wieso?« Wir biegen in die Pasettistraße ein, haben Tempo aufgenommen.

»Wegen Mittelschule oder Gymnasium.«

»Wieso Gymnasium?«

»Weil du dich entscheiden kannst, wo du hinwillst. Egal, was die Lehrer sagen. Ich war auch im Gymnasium.«

»Echt?« Das Kind schaut herauf zu mir, die kleine Stirn gerunzelt.

»Ja, echt. Ich hab sogar die normale Matura gemacht. Obwohl die Lehrer immer gesagt haben, dass ich höchstens für die HAK taug.«

»Was ist die HAK?«

»Ein Blödsinn.«

»Und mit einer Matura wird man Koch?«

»Ich bin kein Koch, ich bin eine Küchenhilfe.«

»Ist das besser oder schlechter wie Koch sein?«

»Schlechter. Zum Küchenhilfesein muss man im Prinzip gar nix können. Nur einstecken muss man können.«

»Werden das alle, die eine Matura haben?«

»Was, Küchenhilfe? Na, die meisten werden Studenten nach der Matura. Aber das hat mich nicht interessiert.«

»Wieso?«

»Weil ich nicht noch mehr Blödsinn hab lernen wollen. Ich will kein Buch mehr lesen, das mich nicht interessiert. Irgendeinen Schmarrn von einem obergescheiten Professor. Na, danke. Da arbeite ich lieber was Normales.«

»Ich will auch nicht Student sein.« Wir biegen auf die Innstraße ab, aus einer Bäckerei ein paar Meter vor uns kommt ein Mann mit einem kleinen Mädchen, das in ein Croissant beißt.

»Magst du auch eins?«, frage ich das Nachbarskind.

»Was?«

»Ein Croissant wie die Kleine.«

»Wieso sagst du das so komisch, *Croissant?*«

»Wie sagst du denn?«

»Nicht so komisch wie du.«

»Also magst du eins oder nicht?«

»Ja.«

»Gut, ich auch.« Ich mache die Tür zur Bäckerei auf, das Kind marschiert hinein, als wäre es dort daheim.

»Grüß Gott«, sagt die Verkäuferin.

»Grüß Gott«, antworte ich.

»Hallo«, sagt das Nachbarskind.

»Zwei Croissants bitte.« Die Verkäuferin nickt, packt die Croissants ein, schaut zum Kind, dann zu mir.

»Ein liebes Kind haben Sie.«

»Danke«, sagt das Nachbarskind.

»Und wo kommt dein Papa her?«, fragt sie es.

»Von weit weg«, antwortet es.

»Wie viel kriegen Sie von mir?«, frage ich.

»Drei Euro, zehn Cent.« Ich zahle, gebe dem Kind das Croissant-Sackerl.

»Danke, Mama«, sagt es ernst.

»So lieb«, meint die Verkäuferin.

»Sehr«, sage ich. Draußen tut das Nachbarskind so, als wäre nichts gewesen. »Was ist mit dir?«, frage ich.

»Wieso, das war doch voll witzig«, sagt es, beißt unbeeindruckt in das Croissant.

»Für dich vielleicht. Für mich nicht.«

»Wieso?«

»Dir kann das gleich sein, aber die denkt jetzt, ich hab ein Kind.«

»Ja, und?«

»Ich will einfach nicht, dass die Frau glaubt, ich hab ein Kind.«

»Wieso?«

»Weil da jeder jeden kennt, das verstehst du noch nicht.«

»Ich bin kein Baby mehr, ich versteh viel.«

»Aha.« Ich beiße in mein Croissant, ein viel zu großer Bissen, verschlucke mich, huste, bleibe stehen, klopfe mir gegen die Brust. Das Nachbarskind bleibt einen Meter vor mir stehen, schaut ernst, sagt nichts.

»Hast du eigentlich Freunde?«, fragt es, als ich mit dem Husten aufgehört habe.

»Was?«

»Hast du Freunde?«

»Sicher hab ich Freunde. Der Janosz zum Beispiel, den hast ja kennengelernt.«

»Aber der arbeitet mit dir.«

»Ja, und?«

»Das zählt nicht.«

»Wieso nicht?«

»So halt. Hast du noch andere Freunde?«

»Ja, schon. Von früher zum Beispiel.«

»Aus der Schule?«

»So ähnlich. Und du?« Wir gehen weiter, biegen in die Rebhanngasse ein.

»Mein bester Freund heißt Andin, der ist schon in der Vierten.«

»Von deiner alten Schule?«

»Ja. Und er hat ein iPhone und eine Xbox. Das hat sein Onkel ihm aus Amerika mitgebracht.«

»Der hat einen Onkel in Amerika?«

»Ja, der hat überall Onkel. Wegen dem Krieg.«

»Was für ein Krieg?«

»Kosovo. Da, wo seine Eltern herkommen.«

»Mh.«

»Er hat auch einen Cousin in Finnland, da ist es immer dunkel.«

»Nicht immer, oder?«

»Doch, immer.«

»Mh. Und wie machst das jetzt mit Andin? Jetzt wohnt ihr ja ganz woanders.«

»Wir treffen uns im Westbahnhof.«

»Wieso am Westbahnhof?«

»Da ist alles.«

»Die Mahü meinst?«

»Wer?«

»Die Mariahilfer Straße, die lange Einkaufsstraße.«

»Nein, wir treffen uns immer im Westbahnhof. Da gibt's WLAN und den Mäcci.«

»Ah.«

»Warst du schon mal im Westbahnhof?«

»Ja, sicher. Früher sind da noch alle Züge hingefahren, da hat's den Hauptbahnhof noch nicht gegeben.«

»Ich bin noch nie Zug gefahren.«

»Das schaut fast so aus wie die Schnellbahn.«

»Ich kenn nur die U-Bahn, weil das andere darf ich nicht fahren.«

»Wieso, du hast eh ein Schülerticket, oder?«

»Ja, aber sonst vergisst man das Aussteigen und dann ist man auf einmal nicht mehr in Wien und dann kommt die Polizei.«

»Wer sagt denn so was?«

»Der Andin, der kennt sich aus.«

»Mh.«

»Du kannst ja mal mitkommen.«

»Zum Westbahnhof?«

»Ja, vielleicht lässt dich der Andin auch mit dem iPhone spielen.«

»Ich überleg's mir.« Wir sind bei der Taborstraße angekommen.

»Ich mag nicht mehr zu Fuß gehen«, sagt das Kind.

»Wir können mit dem Zweier fahren.«

»Wohin?«

»Bis zum Schwedenplatz oder so.«

»Okay.« Wir stellen uns an die Station, ein rauchender Mann schaut erst mich an, dann das Nachbarksind, dann wieder mich. Auf der Anzeige steht fünf Minuten für den Zweier, drei Minuten für den Fünfer. Der Mann kommt auf uns zu, langsame Schritte, fein getrimmter Bart, schöne Augen, dichte Wimpern. Weicher Blick.

»Tschick?«, fragt er, hält mir eine Schachtel hin.

»Danke, gern.« Ich nehme mir einen, lasse mir Feuer geben.

»Wie alt bist du?«, fragt der Mann das Kind.

»Sag ich nicht.«

»Okay, musst eh nicht.« Er schaut wieder mich an. »Junge Mamas sind die besten.« Ich muss grinsen, vielleicht sollte ich doch öfter mit einem Kind unterwegs sein.

»Ist nicht meins«, sage ich.

»Noch besser«, erwidert er. »Ich bin der Hakim.«

»Connie«, sage ich.

»Wo geht's hin bei euch?«

»Geht dich nix an«, sagt das Nachbarskind.

»Stimmt.« Hakim grinst, schöne Zähne, eine Seltenheit.

»Und du?«, frage ich.

»Hackeln«, sagt Hakim.

»Und danach?«

»Ich hab noch nix vor, wieso?«

»Nur so.« Er grinst breiter, fischt sein Handy aus der Jackentasche, Arbeiterhände. Er streckt es mir hin, ich tippe meine Nummer ein, er bedankt sich. Der Fünfer fährt in die

Station ein. Hakim steigt ein, nickt mir noch einmal zu. Mir ist warm.

»Kommt der heute am Abend zu dir?«, fragt das Kind, als die Bim weg ist.

»Ja, vielleicht.«

»Man kann sich nicht so schnell verlieben.«

»Man muss sich auch nicht immer verlieben.«

»Aber …«

»Er war doch nett, oder?«

»Ein Schleimer.«

»Ja, schon. Aber ein lieber Schleimer.«

»Der Janosz ist lieber.«

»Woher willst du das wissen?«

»Er hat mir ein Frühstück gemacht.«

»Vielleicht macht der Hakim das ja auch.«

»Wieso?«

»Das war ein Scherz.« Unsere Bim fährt ein, eine alte mit Stufen, das Nachbarskind geht voraus, die Pyjamahose ist am Hintern abgewetzt. Es setzt sich ans Fenster, ich mich daneben. »Außerdem hat der Janosz eine Freundin«, sage ich.

»Ist die auch lieb?«

»Ja, ich glaub eigentlich schon.«

»Schau«, sagt das Kind, zeigt dabei auf zwei Männer, an denen wir vorbeifahren.

»Das sind orthodoxe Juden«, sage ich.

»Wieso?«

»Wieso was?«

»Wieso glaubst du das?«

»Das glaub ich nicht, das ist so. Die schauen immer so aus.«

»Warum?«

»Keine Ahnung, das hat irgendwas mit ihrer Religion zu tun. So wie Kopftücher.«

»Aber das waren Männer.«

»Ja, bei denen sind's halt die Männer.«

»Fahren wir noch lang?«

»Ja, wir fahren doch in den Ersten.«

»Bist du da oft?«

»Eigentlich nicht, wenn ich so drüber nachdenk.«

»Warum?«

»Weiß ich nicht, sollt ich vielleicht eh öfter wieder machen. Da ist es auf jeden Fall schöner wie bei uns im Zwanzigsten.«

»Der Andin sagt, es ist nirgendwo so schön wie in Kosovo.«

»Im Kosovo.«

»Was?«

»Es heißt im Kosovo, nicht in Kosovo, glaub ich.« Das Nachbarskind schaut mich irritiert an. »Wieso ist es da am schönsten? Ich hab gedacht, die sind da wegen dem Krieg weg?«, frage ich.

»Ja, aber es ist trotzdem so.«

»Hat er dir Fotos gezeigt?«

»Nein.«

»Komm, wir schauen nach.« Ich ziehe das Handy aus der Manteltasche, gebe *Kosovo* ein, es erscheinen Bilder von grünen Hügeln, spitzen Türmen, von Trümmern, Soldaten.

»Schau, voll schön«, sagt das Kind, das auf ein Bild mit Wiesen und herbstlichen Bäumen deutet.

»Schaut aus wie in Österreich.«

»Stimmt doch gar nicht.«

»Vielleicht warst du nur noch nie da, wo's so ausschaut.«

»Und du schon?«

»Ja, ich war einmal in Salzburg. Da schaut's schon so ähnlich aus.«

»Wieso warst du in Salzburg?«

»Ein Freund von mir hat da eine Tante, zu der sind wir gefahren. Das ist aber schon lang her, da war ich noch in der Schule.«

»Vielleicht schaut's da jetzt gar nicht mehr so schön aus.«

»Ja, vielleicht.« Wir schauen beide aus dem Fenster, während die Bim weiter die Taborstraße hinunterfährt. Das Wasser im Donaukanal ist heller als sonst, oder vielleicht ist es auch nur die Sonne, oder ich war einfach zu lange schon nicht mehr da. Ich stehe auf, als die Bim auf den Schwedenplatz einbiegt. Das Kind macht es mir nach.

»Das ist der Schwedenplatz«, sage ich.

»Weiß ich schon.«

»Aha.«

»Warum fahren wir nicht weiter mit der Bim?«

»Weil wir so durch den Ersten spazieren können, dann sehen wir was.«

»Was denn?«

»Alles, was wir wollen.«

»Ich will zum Mäcci.«

»Wieso?«

»Da ist einer, schau.« Das Nachbarskind deutet aus dem Fenster auf eine McDonalds-Filiale, die ich nicht kenne.

»Früher war da ein Zuckerlgeschäft«, sage ich.

»Können wir da hin?«

»Wir haben gerade erst Rouladen und dann noch die Croissants gegessen.«

»Ja, und?«

»Wir können ja am Rückweg hin.«

»Versprochen?«

»Ja, versprochen.«

Wir steigen aus, gehen die Rotenturmstraße hinauf, das Kind ist noch langsamer als vorhin, die Schuhe schleifen auf dem Boden. Wir gehen an einem einparfümierten Paar vorbei, das endlos Fotos vor einem kitschigen Hauseingang macht.

»Schau, die fette Kirche«, sagt das Kind.

»Das ist der Stephansdom.«

»Voll schirch.«

»Das Dach ist schon schön.«

»Man sieht nix vom Dach.«

»Die renovieren.«

»Schirch.«

»Magst du reingehen?«

»Warum?«

»Vielleicht gefällt's dir von drinnen besser.«

»Sicher nicht.«

»Mh.« Neben dem Stephansdom bleiben wir stehen, das Nachbarskind schaut hinauf.

»Kann man da rauf?«

»Ich glaub schon.«

»Bis ganz oben zur Spitze?«

»Na, wahrscheinlich nur bis zu dem runden Ding.« Ich deute auf eine Plattform.

»Dann mag ich nicht«, sagt das Kind, schaut sich einmal um, schüttelt den Kopf. »Ich will heim.«

»Jetzt sofort?«

»Ja, mir ist fad.«

»Wir können weiterschlendern, rauf zum Michaelerplatz, Heldenplatz und so weiter.«

»Nein, ich geh heim. Bis morgen«, sagt es, dreht sich um, geht zügig zurück Richtung Rotenturmstraße. Ich bleibe stehen, schaue ihm nach.

»Interesse an einer Mozart-Tour, die Dame?«, reißt mich ein verkleideter Idiot aus meinen Gedanken. Er hat eine lächerliche Perücke auf, hält mir einen Prospekt hin.

»Danke, sicher nicht«, sage ich, dann gehe ich los Richtung Michaelerplatz. Vielleicht hätte ich Mama doch einladen sollen. Vielleicht hätte es ihr gefallen, nach so vielen Jahren.

Am Rückweg vibriert mein Handy, unbekannte Nummer.

»Hallo?«

»Hey, ich bin's, der Hakim. Von vorhin, Taborstraße.«

»Hey.«

»Ich hab gedacht, ich ruf dich an, weil ich grad Pause hab. Magst du nachher was trinken gehen?«

»Danke, aber ich bin zu müde zum noch mal Rausgehen.«

»Ich kann auch zu dir kommen, wenn das besser passt.«

»Ja, gern. Ich hab aber nix daheim.«

»Ich kann Bier mitbringen oder Wein.«

»Lieber Bier.«

»Passt. Wo wohnst du?«

»Ich schreib's dir am Handy.«

»Passt, dann komm ich nach der Arbeit direkt zu dir.«

Daheim keine Spur vom Nachbarskind, auch nicht von Frau Zukić, Frau Laslo oder Rudi. Minze schläft auf der Fensterbank, hebt nur kurz den Kopf, als ich hereinkomme. Ich räume ein, was ich beim Hofer eingekauft habe, staubsauge, leere Essigreiniger in alle Abflüsse, reiße die Fenster auf, wechsle die Bettwäsche, ziehe alles bis auf die Unterhose aus, lege mich ins frisch bezogene Bett. Kurz nur die Augen zumachen.

Das Handy läutet viel zu laut. Ich drücke wie im Reflex auf den grünen Knopf.

»Constanze«, sagt Mama.

»Was gibt's, Mama?«

»Die Babsi, weißt eh, die hat dich gesehen, vorhin in der Bim.«

»Ich hab sie nicht gesehen.«

»Im hinteren Waggon ist sie gesessen, hat sie gesagt.«

»Aha.«

»Wieso hast du ein Kind dabei?«

»Längere Geschichte.«

»Kenn ich das Kind?«

»Nicht, dass ich wüsste.«

»Mh.« Ich höre sie an einer Zigarette ziehen. »Hast du wegen dem Papa geschaut?«

»Na, ich war im Rösch, Mama.«

»Heut ist aber dein freier Tag, oder?«

»Mama, ich hab schon Nein gesagt.«

»Aber du weißt doch, ich …«

»Ich leg jetzt auf, Mama.«

»Wann kommst wieder einmal auf Besuch zu mir?«

»Weiß ich nicht, ich hab viel zu tun.«

»Früher war das auch so und trotzdem bist auf Besuch gekommen.«

»Ich muss gehen, Mama, wirklich. Tut mir leid.«

»Aber vergiss bitte nicht, …« Ich lege auf, bevor sie Papa noch einmal erwähnen kann. Mir ist kalt, draußen dämmert es, Minze liegt immer noch in der Küche. Ich stelle mich unter die Dusche, seife mich schnell ein, damit es erledigt ist, dann setze ich mich in die Duschwanne, lasse Wasser auf mich prasseln, bis es kälter wird. Der Boiler wummert, irgendwann muss ich wirklich Wiener Wohnen anrufen, die Zeit mit dem warmen Wasser wird immer kürzer. Oder vielleicht brauche ich auch nur immer länger, um bis auf die Knochen warm zu werden.

Hakim läutet um kurz vor sieben, kommt laut die Stufen herauf, ich warte in der Tür auf ihn. Kurz schaue ich hinüber zu Tür siebenunddreißig, das Nachbarskind ahnt sicher, dass Hakim kommt, es ist ein aufmerksames Kind.

»Hey«, sagt Hakim, er ist nicht einmal ein bisschen außer Atem.

»Komm rein.« Minze sitzt in der Küchentür, reißt die Augen auf, rennt unter die Küchenbank.

»Hat sie Angst vor mir?«, fragt Hakim.

»Vor allen Männern, glaub ich.«

»Sind oft Männer bei dir?« Er grinst ein freundliches, ehrliches Grinsen.

»Lang schon nicht mehr«, lüge ich.

»Ah, okay. Also ich hab Bier mitgebracht.« Ich gehe ihm voraus, setze mich auf die Küchenbank, denke an das Nachbarskind. Hakim setzt sich gegenüber hin, schaut einmal durch den Raum.

»Es ist klein, ich weiß«, sage ich.

»Gar nicht. Zwei Zimmer nur für dich, urgut.«

»Und wo wohnst du?«

»Gleich da ums Eck, beim Handelskai.«

»Ah.« Er holt vier Dosen Bier aus seinem Rucksack, stellt zwei davon vor mich.

»Ich hab's grad erst geholt, hoffentlich ist's kalt genug.«

»Es ist Februar, da ist alles kalt.« Er nickt nachdenklich, als hätte ich etwas sehr Philosophisches gesagt.

»Und das Kind?«, fragt er, während er sein Bier öffnet. »Ist das Babysitten oder so was?«

»Na, das könnt ich nicht.«

»Wieso nicht?«

»Ich bin nicht so ein Fan von Kindern.«

»Das hat aber anders ausgeschaut, also vorhin.«

»Mh.«

»War schön, das zu sehen, weißt.«

»Was?«

»Euch zwei.« Er trinkt von seinem Ottakringer. »Also ich mein, dass man einmal ein Kind sieht, das zufrieden ausschaut, gut aufgehoben. Überall traurige Kinder, grantige Kinder, dicke Kinder.« Er schaut aus dem Fenster. »Und wir wundern uns, wenn's immer weiter bergab geht mit der Menschheit.«

»Mh.« Ich trinke große Schlucke. Wer hätte gedacht, dass er sich so viel von der Seele reden will. Extra geduscht, extra zusammengeräumt, für so viel Blabla.

»Was denkst du?«, fragt er, sein Blick macht viel wett. Der Blick und die Hände.

»Dass ich nicht geglaubt hätte, dass dich Kinder so interessieren.«

»Tut mir leid, das war eigentlich nicht mein Plan.« Wieder das offene Lächeln. Ich trinke, er trinkt. »Was hackelst du eigentlich?«, fragt er.

»Gastro.«

»Kellnerin?«

»Na, in der Küche.«

»Koch oder so?«

»Küchenhilfe.«

»Urgut.«

»Mhm.«

»Taugt's dir nicht?«

»Doch, doch, schon. Aber wir brauchen nicht drüber reden.«

»Was magst du sonst machen?« Er lächelt, mir kommt vor, eine Spur schüchterner als noch gerade eben.

»Wir können rüber, wenn du magst.«

»Passt.« Er hat selber Kondome dabei, eine Seltenheit, wie die schönen Zähne, wie der ruhige Blick. Seine Blinddarmnarbe ist dünner als meine, feiner, aber länger. Ich sage ihm, welcher Winkel und welche Geschwindigkeit mir guttun. Er kommt kurz vor mir, macht keine lächerlichen Geräusche, bricht nicht auf mir zusammen, zuckt nur kurz. Er geht ins Bad, dann in die Küche, kommt mit Bier zurück ins Bett. Wir trinken aus, dann zieht er sich an, um zu gehen. Minze hüpft zu mir ins Bett, schnuppert am Leintuch, legt ihren Kopf auf den Polster, direkt neben meinen Kopf. Ich stehe nicht mehr auf, putze mir nicht die Zähne, schalte das Licht nicht aus. In der Nacht träume ich von riesigen Croissants, in die man hineinklettern kann, die man von innen essen kann, ohne dass man je satt wird, ohne dass man je wieder herauskommt.

SECHS

Ich bin zu spät dran, knöpfe das Hemd falsch zu, versuche gleichzeitig, in die Schuhe zu schlüpfen, schiebe mir dann das Haarnetz über die Augen. Verdammter verpasster Wecker. Verdammter Hakim mit seinem vielen Bier. Verdammte Schreie mitten in der Nacht, aus der Wand oder vom Gang, wer weiß.

In der Küche stehen Janosz, Sinan, daneben eine junge Frau. Sie hat kein Haarnetz auf, sondern lange dunkle Locken, die in alle Richtungen abstehen.

»Connie, das ist die Hannah. Hannah, Connie«, sagt Sinan.

»Hana«, meint die Frau, »mit langem A am Anfang.«

»Hey«, sage ich.

»Die neue Kollegin«, erklärt Janosz.

»Gut«, sage ich.

»Ich lern sie ein«, meint Sinan, grinst Hana breit dabei an, »wenn man irgendwann weiß, wie alles geht, macht die Hacken sogar einen Spaß.«

»Ich bin nicht wirklich davon ausgegangen, dass es Spaß machen wird«, antwortet Hana ruhig. Sie wird nicht einmal rot dabei, schaut Sinan nur voller Ernst an.

»Ich bin hinten«, sage ich.

»Brauchst du mich?«, fragt Janosz.

»Ja, bitte.« Ich gehe voraus zur Salatstation, höre Janosz hinter mir.

»Alles in Ordnung?«, fragt er, als wir beim Kühlschrank ankommen. Die Salatwannen hat er mir schon hingestellt, sogar nebeneinander. Ich hole das riesige Sieb heraus, fange an, Salatblätter abzureißen, um sie ins Sieb zu schmeißen. »Connie?«, fragt Janosz.

»Ja, ja, geht schon. Ich hab nur zu wenig geschlafen.«

»Wieso, hast du einen Neuen?«

»Es geht nicht immer um so was, Janosz. Reiß dich halt einmal zusammen.«

»War was mit dem Kind?« Ich schaue vom Salat zu ihm, er hat die Arme verschränkt.

»Wieso hat sie kein Netz?«, frage ich.

»Wer?«

»Die Neue.«

»Weiß ich nicht, der Sinan hat ihr wahrscheinlich keines gegeben.«

»Das geht nicht, Janosz, sie braucht ein Haarnetz.«

»Bist du neidisch?«

»Was?«

»Auf die Neue. Du hast doch gesagt, du freust dich auf sie.«

»Ja, schon, aber sie hat nicht einmal ein Netz. Dann kann sie sicher gar nix, und dann dauert wieder alles ewig. Sinan spielt derweil den Gockel und zum Schluss geht sie nach einem Monat, weil sie sich eigentlich doch zu fein für uns ist.«

»Jetzt warte halt einmal.«

»Auf was? Dass es so wird, wie ich sag?«

»Mh«, sagt er, »also was war jetzt gestern?«

»Was?«

»War er gut im Bett?«

»Janosz, mir reicht's, vertschüss dich.«

»Also hab ich recht.«

»Und wenn schon.«

»Aha.« Er beißt sich seitlich auf die Unterlippe, dann geht er. Ich reiße weiter Salatblätter ab, bis das Sieb voll ist, drehe das Wasser kalt auf, spüle die Blätter ab, schüttle sie durch, spüle weiter, drehe das Wasser ab, schüttle, lasse die Blätter abtropfen. Von der Salatstation gehe ich zum Ofen, schalte die Dampffunktion ein, warte auf das Piepsen, reiße die Tür auf, bleibe mit dem Gesicht nahe dran, nichts macht so munter wie heißer Reinigungsdampf. Ich muss husten, Tränen in den Augen.

»Das ist der Ofen«, sagt Sinan hinter dem Dampf.

»Was machst du da?«, fragt Hana.

»Man muss ihn mindestens einmal die Woche dampfreinigen, das ist Vorschrift, das können wir nicht ändern.«

»Die Connie kennt sich aus, weißt«, sagt Sinan, »die ist schon ewig da, länger wie ich sogar.« Er lacht, Hana erwidert nichts, ich auch nicht. »Connie, sag halt einmal was.«

»Was denn?«

»Zu dir, wer du halt bist und so was.«

»Lieber nachher in der Pause.«

»Gerne«, antwortet Hana. Der Dampf hat sich verflüchtigt, sie stehen nebeneinander wie Verbündete, Sinan mit seinem dummen Grinsen, Hana mit den vielen Haaren.

»Ich muss wieder zum Salat«, sage ich, bevor Sinan irgendeinen dummen Spruch reißen kann.

»So ist sie manchmal«, höre ich ihn in meinem Rücken, »das darfst nicht persönlich nehmen, die braucht immer ein bisserl zum Auftauen. Aber sie ist eine von den Guten da.«

Um halb drei schubse ich die letzten drei Schokopalatschinken aus dem Ofen auf einen Teller, streue Staubzucker darauf, gehe nach vorne. Keine Spur von Sinan oder Hana. Andi ist gar nicht ins Rösch gekommen, nur Janosz steht vor der Essensausgabe, starrt in die Luft.

»Die Palatschinken«, sage ich.

»Danke.« Er haut auf die Klingel.

»Magst rauchen gehen?«

»Ja, aber warte noch kurz.« Wir warten, bis Nadja kommt, um die Palatschinken mitzunehmen. Sie grüßt uns nicht.

»Komm«, sage ich zu Janosz, »sonst sterb ich gleich.«
»Warte bitte, Connie.«
»Auf was soll ich warten? Komm jetzt!«
»Sei nett zu ihr«, sagt er leise.
»Zur Nadja? Sicher nicht.«
»Zu Hana.«
»Ich hab gar nix gemacht.«
»Eben. Der Sinan macht …«
»Wenn der Sinan sie einlernen will, dann soll er's auch machen.«
»Das meine ich nicht, Connie. Ich meine, dass du auch einmal angefangen hast und dass wir alle zusammenhalten müssen, wir schaufeln doch alle den gleichen Dreck. Du musst dir auch keine Sorgen machen, dass du nicht mehr unsere Nummer eins bist.«
»Hör auf.«
»Wieso, ist doch so. Du weißt doch, dass …« Er kommt näher zu mir, ich gehe einen Schritt zurück.
»Ich weiß schon, Janosz. Aber das hat sich erledigt.«
»Also hast du wirklich einen Neuen?«
»Ich geh jetzt rauchen, Janosz. Komm mit, aber dann musst aufhören mit dem Dreck.«
»Hast du dich verliebt?« Er grinst.
»So, ich geh allein raus.« Ich drehe ihm den Rücken zu, gehe an der Fritteuse vorbei, an den großen Kühlschränken, dann bin ich endlich draußen, lehne mich an die Wand, ziehe die Zigarettenschachtel aus der Hosentasche, zitternde Finger. Der Innenhof ist leer, Gott sei Dank. Der erste Tschick schmeckt wie immer am besten, gleich danach zünde ich mir einen zweiten an, das wird ein endloser Tag.
»Und da rauchen wir in der Pause«, höre ich Sinan. Er kommt mit Hana aus der Küche heraus, immerhin hat sie end-

lich ein Haarnetz auf dem Kopf, beide nicken mir zu. »Und der Janosz?«, fragt Sinan, zieht auch eine Schachtel aus der Hose.

»Keine Ahnung, ist mir gleich«, erwidere ich.

»Raucht ihr alle?«, fragt Hana.

»Berufskrankheit«, sage ich, »fast alle fangen irgendwann an.«

»Verstehe.«

»Du wirst schon auch noch anfangen«, grinst Sinan.

»Das bezweifle ich«, meint Hana.

»Nur die Lin raucht nicht«, sagt Sinan, »aber die ist auch alt und traurig.« Ich will ihm ins Gesicht schlagen, wie kann er so über Lin reden, was bildet er sich ein.

»Und ihr seid nicht traurig?«, fragt Hana.

»Erwischt«, sagt Sinan. Hana schaut von ihm zu mir, prüfender Blick.

»Und was machst du so?«, fragt sie.

»Wann?«

»Wenn du nicht arbeitest.«

»Schlafen.«

»Sonst nichts?«

»Wieso, was machst du denn?«

»Ich studiere.«

»Ah.«

»Eine Gescheite«, sagt Sinan, »Internationales Irgendwas studiert's.«

»Internationale Entwicklung.« Ich ziehe am Tschick, wünsche mir meine Ruhe zurück. Obergescheite Leute hat die Welt wirklich genug.

»Man lernt viel über die Welt«, meint Hana, »über globale Zusammenhänge, Ungleichheiten und noch viel mehr.« Sinan nickt aufmerksam, obwohl er sicher kein Wort verstanden hat.

»Mir reicht Wien«, erwidere ich.

»Inwiefern?«

»Da gibt's genug Ungleichheiten. Dafür brauch ich nicht nach Afrika schauen.«

»Afrika ist nicht nur arm.«

»Das hab ich auch nicht gesagt.«

»Na ja, also …«

»Viel Spaß noch, ich muss wieder rein«, sage ich, lasse den Tschick auf den Boden fallen, gehe zurück in die Küche. Hanas Antwort höre ich nicht mehr. Janosz steht vor dem Fleischkühlschrank, seine Lippen bewegen sich.

»Was machst du denn?«, frage ich.

»Nachzählen. Und du?« Sein Blick ist weiter aufs Fleisch gerichtet.

»Ich bin gemütlich rauchen gewesen und dann nicht mehr.«

»Sinan?«

»Beide.«

»Was haben sie denn gesagt?«

»Wenig, aber das hat mir gereicht.«

»Connie.«

»Ja, ich weiß schon. Ich schau, dass ich mir Mühe geb. Aber nicht heute, okay?«

»Okay. Hilfst du mir?«

»Mit was?«

»Mit den Knödeln.«

»Sicher. Ich helf dir doch immer, oder?« Er schaut weg vom Fleisch, hin zu mir.

»Witzig«, sagt er, lächelt aber nicht dabei.

»Was ist denn mit dir, Janosz?«, frage ich.

»Wie meinst du das?«

»Mit dir ist doch was? Ist was daheim?«, frage ich.

»Bloß der normale Wahnsinn.«

»Ist die Sveti wieder nicht schwanger?«

»Ja.«

»Mh.«

»Und ich bin immer schuld«, sagt Janosz, macht die Kühlschranktür endlich zu, lehnt sich daran an, verschränkt die Arme. »Ich bin immer der Depp. Sie kann es ja nicht gewesen sein, weil früher, mit dem Dario, da war es alles ganz einfach. Und ich kann nichts sagen, weil was soll ich auch sagen, Connie, ich kann nur dastehen und warten, dass es vorbeigeht, dass sie sich wieder beruhigt.«

»Ist ihr das echt so wichtig?«

»Was?«

»Ein Kind kriegen.«

»Ja, sicher.«

»Mh.«

»Aber ich frage mich schon …« Er räuspert sich, greift sich in den Nacken.

»Was?«

»Wie lange noch.«

»Wie lang ihr das noch probieren wollts?«

»Nein, ich meine …«

»Wie lang ihr das noch aushaltets?«

»Ja.«

»Und wenn ihr halt einmal eine Pause machts?«

»Das kannst du ihr ja vorschlagen, dann muss ich es nicht machen.«

»Adoptieren kann man immer noch.«

»Wir sind Ausländer, Connie, kein Mensch schenkt uns ein Kind.«

»Vielleicht ein ausländisches.«

»Sag ihr das ja nicht.«

»Ich seh sie eh nie, die Sveti.«

»Willst du sie unbedingt sehen?«

»Na.«

»Ist auch besser so, sonst erzählst du ihr noch irgendwas von uns.«

»Es gibt kein *Uns*, Janosz.«

»Sicher gibt es das.«

»Die paar Male, Janosz, das macht noch lang kein *Uns*. Und es ist echt an der Zeit, dass du das einsiehst. Ich bin sicher nicht dein Plan B, ich hoff, das ist dir klar.« Janosz will antworten, aber da geht die Tür auf, Berta kommt herein.

»Wie schaut's aus?«, fragt sie. Sie ist so alt wie Mama, aber schaut viel stabiler aus, nicht jünger, nur robuster. Die kräftigen Oberarme, die breiten Schultern. Die langen, dicken Haare sind ungefärbt, schimmern grau.

»Grad Pause«, sage ich.

»Und das Fleisch?«, fragt sie Janosz.

»Vom Schwein ist genug da, das Rind wird langsam wenig.«

»Sag dem Andi, er soll nachbestellen, aber pronto.«

»Der Andi ist nicht da«, erwidert Janosz.

»Wie, er ist nicht da?«

»Wir haben gedacht, er hat heute frei oder ist vielleicht im Krankenstand.«

»Mhm«, schüttelt Berta den Kopf, dann geht sie wieder.

»Hab ich was Falsches gesagt?«, fragt Janosz mich, als sie weg ist.

»Na, Janosz. Keine Ahnung, was da mit dem Andi ist. Irgendwas ist immer.«

»Glaubst du, er …?«

»Ich weiß es nicht. Aber recht wär's mir, wenn er einfach daheimbleiben würd.«

»Mh.«

»Ich versteh nicht, wieso du ihn verteidigst, vor allem nach der Hatice.«

»Er ist unser Chef, Connie. Was soll ich machen, soll ich mich mit ihm anlegen?«

»Die Berta ist der Chef.«

»Das verstehst du nicht.«

»Aha.« Die Minidrucker fangen versetzt an zu drucken.

»Und los«, seufzt Janosz. Ich schaue auf die Uhr, zehn nach drei.

Ohne Andi ist das Zusammensitzen angenehmer. Es ist Mitternacht, der Heizpilz glüht noch, obwohl Berta ihn vor zehn Minuten ausgeschaltet hat. Hanas Haare sind platt vom Netz, sie schaut erledigt aus, trinkt stumm das Soda Zitron, das Sinan ihr hingestellt hat. Obwohl Hana nicht nachgefragt hat, erzählt Berta ihr wie jeder Neuen, wie das Rösch angefangen hat, warum sie es vor fünfundzwanzig Jahren übernommen hat.

»Mein Onkel, der Hallodri«, sagt sie, »der hat einen Schlaganfall gehabt, einfach so, nix gewesen davor, pumperlg'sund. Und dann war's aus. Keiner war da, der sich das Beisl antun wollt, nur ich bin übergeblieben, eine junge Kellnerin, keine Ausbildung, gar nix. Und ich hab's aus dem Dreck gezogen, die Partie. Den Namen hab ich grad g'lassen, es ist ja auch meiner, hab ich mir gedacht, gell. Am Anfang«, sie grinst, trinkt einen großen Schluck Spritzer, »am Anfang haben's alle noch nach ihm gefragt, nach'm alten Rösch, aber das hat sich dann aufg'hört, ganz schnell hat sich das aufg'hört.«

»Und Ihr Onkel?«, fragt Hana. »Was ist aus dem geworden?«

»Der hat kein Jahr später den Einundsiebziger genommen.«

»Was?«, fragt Janosz.

»Gestorben ist er«, erkläre ich.

»Mein Beileid«, sagt Hana.

»Alle müssen einmal gehen«, meint Berta, »so ist das halt mit'm Leben«. Ihre grellblaue Jacke knistert bei jeder Bewegung.

»Ich will schon hundert werden, mindestens«, sagt Sinan.

»Warum?«, fragt Berta, schüttelt den Kopf. »Da ist alles hin, Herz, Leber, Hirn.«

»Und alle warten nur drauf, dass du endlich stirbst«, sage ich.

»Bei mir wird's eh nix geben, kein Erbe oder so was«, grinst Sinan.

»Hören wir bitte auf mit dem Tod«, sagt Janosz. »Es ist Februar, der ist düster genug.« Er schaut zu Hana. »Hana, wo kommst du eigentlich her?« Hana lehnt sich zurück, verschränkt die Arme.

»Wieso fragst du?«

»Hana mit einem n, das ist kein Name von da.«

»Aus Bosnien kommt der Name«, sagt Hana, »aber ich komm genauso aus Österreich wie ihr.« Sinan und Janosz grinsen.

»Der Janosz und ich und die Lin, wir kommen eh alle nicht aus Österreich«, meint Sinan. »Wir sind da in der Gastro, Hana, die einzigen Österreicher in der Gastro sind die Chefs und selten einmal die Köche.«

»Und du, Connie?«, fragt Hana. Alle schauen zu mir.

»Die Connie ist unsere Ausnahme«, sagt Berta.

»Und …«, setzt Hana an.

»Lernen wir uns doch erst einmal besser kennen, bevor wir alle Philosophen werden«, meint Sinan und legt seinen Arm um sie. Ausweichend beugt sie sich nach vorne, er zieht den Arm zurück.

»Ich wollte dir nichts unterstellen«, sagt sie zu mir, »es interessiert mich nur.«

»Aha.«

»Es ist eh schon spät«, meint Janosz, räuspert sich, »Connie, gehen wir?«

»Okay.« Wir stehen gleichzeitig auf, Berta schaut prüfend von mir zu Janosz, dann wieder zu mir.

»Aufpassen«, sagt sie zu Janosz.

Janosz holt zwei Tschick heraus, zündet sie an, gibt mir einen. Er sagt nichts, vielleicht kennt er mich von allen wirklich am besten. Wir gehen nebeneinander her, ich habe zu wenig gegessen oder zu viel Spritzer getrunken. Schräg schaue ich hinauf zu ihm. Wenn es nicht so ein Wahnsinn wäre, Sveti, die Kinderpläne, die beiden Familien, die orthodoxe Kirche, vielleicht wäre dann alles anders.

»Warum schaust du so?«, fragt er.

»Nix, ich mach mir nur Gedanken.«

»Worüber?«

»Ist nicht so wichtig.« Er wird langsamer.

»Connie, ist was? Willst du mir was sagen?«

»Na, na, eh nix.« Durch die offene große Tür biegen wir in den Gemeindebau ab, gehen über die Innenhofwiese zu Stiege zwei, fast alles ist dunkel. Janosz muss meinem Blick gefolgt sein, er schaut wie ich an der Fassade hinauf.

»Die Minze wartet«, sage ich.

»Die Sveti auch.«

»Dann bis morgen.«

»Mh.« Er bleibt stehen, schaut traurig oder wehmütig drein oder beides, ein bisschen verschwimmt er an den Rändern. Sveti liegt sicher im Bett, wartet auf ihn. Oder sie ist fortgegangen, sitzt in einem Beisl, wartet darauf, dass Janosz heimkommt, sie anruft, fragt, wo sie ist.

»Kann ich vielleicht mit raufkommen?«, fragt er mich. Er kommt auf mich zu, steht ganz nah vor mir, riecht nach Frittierfett, Knödeln, Aftershave.

»Okay, komm«, sage ich so leise, wie es geht.

SIEBEN

Die Tage sind schwer zu unterscheiden. In der Früh kommt das Nachbarskind oft zum Frühstücken, zweimal kommt Hakim am Abend, beim ersten Mal hat er Wein dabei, beim zweiten Mal wieder Bier. Kurz vor Monatsende fragt mich Frau Zukić, ob ich ihr Milch vom Hofer mitbringen kann und vielleicht ein Packerl Wein. Sie erzählt, dass es Frau Laslo schlecht geht, weil es dem Rudi schlecht geht, dass es grundsätzlich allen schlecht geht, ob ich nicht wenigstens den Rudi aufheitern könnte, weil es dann auch Frau Laslo besser gehen würde. Ich sage ihr, dass ich viel arbeiten muss, dass ich wenig Zeit habe, dass es mir leidtut, aber dass ich gerne für sie einkaufen gehen kann.

Janosz bleibt auf Distanz, legt mir nicht mehr den Arm um die Schulter, begleitet mich nicht mehr heim. Vielleicht hat er Sveti alles gebeichtet, er sagt nichts dazu, ich frage nicht nach. Mama ruft mehrmals an, aber ich drücke sie weg. Monatsende, sicher ist sie angesoffen, cholerisch oder todtraurig, sicher braucht sie Geld. Sicher glaubt sie, dass Papa irgendwo da draußen auf einem Berg Geld sitzt, dass er ihr welches schenkt, weil er eigentlich doch kein schlechter Mensch ist und sie sowieso nicht.

Hana lernt von Lin, wie man den Geschirrspüler vom lästigen Öko-Programm abhält. Von mir lernt sie, mit wie viel Wasser wir das sündteure Putzmittel strecken, mit dem wir dann die Kühlschränke putzen. Sie lernt, dass man Sinan am besten einfach quatschen lässt. Dass Janosz jedes Essen retten kann, egal, wie alt das Gemüse ist. Nur wie man Andi ausweicht, weiß sie nicht, wie soll man ihr das auch beibringen.

»Wenn du so g'scheit bist, warum hast du dann keine bessere Hacken?«, fragt er sie an einem Abend. Wir sitzen um den Heizpilz herum, seit halb zehn schon keine Kundschaft mehr. Berta macht drinnen die Abrechnung.

»Was meinst du damit?«, fragt Hana.

»Ignorier ihn einfach, es interessiert ihn gar nicht, er will dich nur sekkieren«, meine ich.

»Ich hab nicht mit dir geredet«, sagt Andi.

»Du brauchst mit gar keinem reden«, erwidere ich, »da kommt eh nur Mist raus.«

»Ich hab einen Job gesucht, der flexibel ist«, sagt Hana ernst. Entweder hat sie keinen Humor oder es ist ihr alles viel zu wichtig. Beides nicht ideal, um eine Küche zu überstehen.

»Und da hat's keinen Menschenrechtsverein gegeben, der dich g'nommen hätt?« Andi grinst dreckig.

»Schau«, sage ich zu Hana, »nur Mist.«

»Ein Menschenrechtsverein hätte mir schon gut gepasst, aber die bezahlen leider wenig oder gar nichts«, erklärt Hana, hebt das Kinn. Janosz räuspert sich, ich schaue zu ihm, er schüttelt leicht den Kopf. Halt dich raus, Connie, soll das heißen.

»Also simma eigentlich deine zweite Wahl«, meint Andi, trinkt von seinem Bier wie ein Sandler, wischt sich mit dem Handrücken über den Mund, grinst wieder.

»Ja sicher«, antwortet Hana, »oder glaubst du wirklich, dass es mein Traum ist, in einer Restaurantküche zu arbeiten? Irgendwie muss ich eben Geld verdienen.«

»Merkt man eh«, sagt Andi, schaut zu mir, »man merkt's euch allen an, euch Weiberleut.«

»Dir merkt man dafür gar nix an«, erwidere ich, »kein Hirn, kein Herz, gar nix.«

»Heut schenkt's dir ordentlich ein, die Connie«, sagt Sinan.

»Was andres kann's auch nicht, die Funsn«, meint Andi, das

Grinsen ist ihm vergangen, jetzt schaut er nur noch alt aus, alt, dumm, angesoffen. Mein Handy vibriert, Hakim fragt, ob er vorbeikommen soll. Ich schaue in die Runde, *Bin in 30 min daheim*, schreibe ich zurück, stehe auf.

»Ich bin dahin.«

»Endlich«, sagt Andi.

»Ciao«, meint Sinan. Janosz schweigt, schaut nur auf sein Bier.

»Ist es in Ordnung für dich, wenn ich mitkomme?«, fragt Hana. »Ich sollte auch heim.«

»Sicher.«

Hana geht mit schnellen, ausladenden Schritten, fast wie Janosz.

»Hast noch was vor?«, frage ich.

»Nein, wieso?«

»Du bist so schnell.«

»Entschuldige bitte«, sagt sie, »das ist eine blöde Angewohnheit, das macht meine ganze Familie.« Sie wird langsamer, jetzt kann ich erst sehen, wie müde sie ausschaut, wie ausgelaugt.

»Wie lang bist jetzt schon dabei?«, frage ich.

»Wo?«

»Bei uns, im Rösch.«

»Ach so.« Sie bleibt stehen, schaut in den Himmel, als ob der mitreden könnte. »Zwei Wochen?«, sagt sie dann. Ich will weitergehen, aber sie steht so fest da, dass ich nicht wegkomme. Ich räuspere mich.

»Es wird besser«, sage ich.

»Glaubst du?«

»Ja, fix. Der Anfang ist immer ein Graus, aber irgendwann wird's normal. Dann träumt man auch nicht mehr ständig davon.«

»Du hast auch von der Küche geträumt?«

»Ja, ganz lang. Erst vom Druckergeräusch und dann vom Frittieren. Heut träum ich schon auch noch manchmal davon, aber viel weniger.«

»Das hättest du mir sagen sollen!« Sie lächelt, vielleicht hat sie doch ein bisschen Humor. »Und ich hab mir schon gedacht, dass ich langsam durchdrehe. Aber gut, dann wohl doch nicht.«

»Oder wir sind alle schon durchgedreht.« Eine Laterne leuchtet sie von hinten an, wie eine Heilige schaut sie aus. Eine heilige Küchenhilfe auf dem Heimweg, mitten in der Nacht.

»Danke für gerade eben«, sagt sie wieder ernster.

»Für was?«

»Wegen Andreas, das ist …«

»Von dem musst dich einfach fernhalten.«

»Okay.«

»Wirklich, Hana, im Ernst.«

»Wieso, ist irgendwas passiert?«

»Ja, mit deiner Vorgängerin.«

»Und was war da genau?«

»Das weiß ich nicht genau. Sie ist einfach gegangen und hat gesagt, mit so wem kann sie nicht mehr arbeiten, sie mag keine Angst mehr in der Arbeit haben.«

»Glaubst du, er hat …?«

»Ich weiß es nicht. Aber die Hatice hat sonst eigentlich nie Angst gehabt, deshalb …, es ist auch ganz gleich, jetzt ist sie ja weg.«

»Hatice?«

»Ja.«

»Das ist ein muslimischer Name.«

»War sie auch. Also, ist sie immer noch. Muslimin, mein ich. Wieso?«

»Einfach so, weil es ein lustiger Zufall ist.«

»Was?«

»Dass eine Muslima einer anderen nachfolgt, in so einem urigen österreichischen Wirtshaus.« Ich bleibe still, was soll ich darauf auch sagen. Aha, das hab ich nicht gewusst? Aha, das hätt ich gar nicht gedacht? »Willst du nichts dazu sagen?«, fragt Hana.

»Ich weiß nicht, was man zu so was sagt.«

»Normalerweise fragen Leute, warum ich kein Kopftuch trage.«

»Die Hatice hat auch keins gehabt. Außerdem ist das ja dein Bier, nicht meins.«

»Aber du schaust so erschrocken.«

»Tu ich gar nicht.«

»Doch, du solltest dich mal sehen.« Sie lächelt wieder, wie ein anderer Mensch schaut sie damit aus.

»Komm, gehen wir weiter, ich muss heim«, sage ich.

»Hast du noch was vor?«

»Ja.« Wir bewegen uns wieder.

»Was denn?«

»Nur Besuch, nix Spannendes.«

»Um die Uhrzeit?«

»Ja.«

»Schön«, sagt sie. »Wer ist die glückliche Person?« Sie schaut nicht so aus, als würde sie die Frage bereuen, als würde sie einsehen, dass man solche Fragen nicht stellt, wenn man sein Gegenüber kaum kennt.

»Ein Freund«, antworte ich.

»Ein Mann?«

»Wer sonst?«

»Nichts, nichts, ich hätte nur gedacht …«

»Was denn?«

»Dass du auch wie ich bist.«

»Wie, wie du?« Ich bin laut geworden, meine Stimme allein in der Nacht. Gleich sind wir an meiner Ecke, gleich muss ich abbiegen.

»Lesbisch, Connie«, sagt Hana so ernsthaft, dass es kein Scherz sein kann.

»Ich? Wie kommst denn auf so was?« Wir bleiben vor der Leystraße stehen, nur ein einziges Taxi parkt vor dem UKH.

»Ich weiß es auch nicht, irgendwann bekommt man ein Gefühl dafür. Aber offensichtlich ist das bei mir nicht so gut entwickelt.«

»Aha.«

»Viel Spaß auf jeden Fall mit deinem Freund.«

»Er ist nicht mein Freund, der Hakim. Das ist nicht so meins«, sage ich, warum auch immer ich ihr das erzähle.

»Verstehe.« Ich weiß nicht, was ich sagen soll, zu viele Fragen in meinem Kopf. Wie geht das zusammen, Muslimin sein und gleichzeitig lesbisch, wieso ist mir das nicht aufgefallen, hätte mir das überhaupt auffallen können, woran merkt man so etwas, wieso war sie sich bei mir so sicher, wir kennen uns außerhalb der Küche doch gar nicht. »Du biegst ab?«, fragt Hana.

»Ja, ich wohn hinterm Spital.«

»Schön. Dann komm gut heim.«

»Du auch, bis morgen.«

»Ciao, Connie.« Sie hebt die Hand.

»Ciao, Hana.« Ich biege ab, der Taxler blinkt mit der Lichthupe, ich schüttle den Kopf.

Hakim und ich reden nicht viel, irgendwann gegen vier schläft er ein, ich drifte auch weg, dann hüpft Minze aufs Bett, trampelt über ihn zu mir, miaut leise. Ich kraule ihren Kopf, sie schnurrt, Hakim wacht auf, lacht in meinen Nacken, ich muss an Janosz denken, dass er selten richtig lacht. Hakim macht nichts Kitschiges, steht einfach auf, sagt, dass er jetzt zwei Wochen nicht in Wien sein wird, dann geht er. Minze trampelt wieder über mich, legt sich dorthin, wo gerade noch Hakims Schultern waren. Ich lege den Arm um sie, versuche zu schlafen, aber bleibe wach. Um sieben läutet es an der Tür.

»Ich hab eine Idee«, ist das Erste, was das Nachbarskind sagt. Es ist in voller Montur, Jacke, Schuhe, darunter eine Hose, die ausnahmsweise keine Pyjamahose ist. Auf dem Kopf eine zu große grüne Haube mit riesigem RAPID-Schriftzug.

»Was denn?«, frage ich. Minze geht zielstrebig zu den Kinderbeinen, reibt sich daran, schnurrt. Das Nachbarskind bückt sich, reibt ihr mit den Fingerknöcheln über den Kopf.

»Ich will noch mal Bim fahren.«

»In den Ersten?«

»Nein, ich will einmal im Kreis fahren.«

»Mit dem Zweier? Das dauert ewig.«

»Deshalb bin ich ja jetzt schon da. Du kannst wieder Essen kaufen und dann fahren wir einmal im Kreis und dann kannst du arbeiten gehen.«

»Ich weiß nicht, ich glaub eher nicht.«

»Okay.« Es zieht sich die Haube vom Kopf, ein paar Haare stehen elektrisiert weg.

»Magst du was frühstücken?«, frage ich.

»Nein, ich geh einfach wieder heim.« Das Kind schaut zu Tür siebenunddreißig, dann zu Minze. Ich schaue auch zu Minze, die sich immer noch an den kleinen Beinen reibt. So viel Hingabe, vielleicht weiß sie mehr als ich, oder vielleicht riecht das Nachbarskindgewand einfach nur besonders gut.

»Okay, meinetwegen«, sage ich. Das Kind schaut zu mir, grinst, setzt sich die Haube wieder auf.

»Ich warte unten, du darfst nicht dein Geld vergessen«, sagt es, dreht sich um, stiefelt los. Minze will hinterher, aber ich packe sie schnell genug, beim Aufrichten wird mir kurz schwarz vor Augen. Einmal mit der Bim im Kreis fahren, unter der Woche um sieben in der Früh, danach direkt ins Rösch. Ärger wird es nicht.

Wir sitzen nebeneinander, das Nachbarskind am Fenster. Es ist eine neue Bim, keine mit Stufen und alten Holzsitzen. Um uns herum müde Menschen, das Kind schaut aus dem Fenster, ich schaue die Leute an, die einsteigen, aussteigen, Platz machen, ihre Handys herausholen. Ein Mann fängt an zu telefonieren, keine Sprache, die ich erkenne, das Nachbarskind wendet den Kopf vom Fenster ab, schaut hin zu ihm.

»Was sagt er?«, frage ich leise.

»Er geht nach der Arbeit zum Hofer.«

»Das sagt er?«

»Er sagt schon mehr, aber der Rest ist nicht so wichtig.«

»Ah.« Das Kind schaut wieder aus dem Fenster, Schwedenplatz, ein Schub Leute steigt aus, weniger Leute steigen ein. Schräg gegenüber der McDonald's, aber das Nachbarskind sagt nichts, beißt nur in das Laugenstangerl, das ich ihm gekauft habe. Die Bim fährt den Ring entlang, neben uns aneinandergestaute Autos, wer tut sich das an, um halb acht in der Früh. Das Kind hält mir das leere Bäckereisackerl hin.

»Und?«, frage ich.

»Hast du noch mehr?«

»Ich hab noch meins, aber das will ich selber essen, ich hab auch Hunger.«

»Gibst du mir die Hälfte?«

»Maximal ein Viertel.«

»Was ist ein Viertel?«

»Die Hälfte von einer Hälfte.«

»Wie?«

»Wenn du die Hälfte noch einmal teilst, dann ist das ein Viertel vom ganzen Stangerl.«

»Ist mir egal. Ich will eine Hälfte.«

»Ich geb dir aber nur ein Viertel.«

»Nein, dann nicht.«

»Dann halt nicht.« Ich bin zu müde, um Lehrerin zu spielen, es ist noch ewig bis zur Endhaltestelle, dann noch der ganze Weg zurück, warum habe ich mich auf so eine Schnapsidee eingelassen. Das Nachbarskind zeigt auf das Parlament, an dem wir vorbeifahren.

»Schau«, sagt es.

»Das Parlament, was ist damit?«

»Das ist aus Griechenland.«

»Das österreichische Parlament ist aus Griechenland?«

»Ja.«

»Wer hat dir das denn erzählt?«

»Wir waren da drinnen, mit der Schule.«

»Mh.«

»Glaubst du, ich lüge?«

»Na, sorry, ich bin nur müde.«

»Man muss lernen, sich zusammenzureißen«, sagt das Kind ernst.

»Wieso?«

»Das sagt die Mama immer, die ist auch viel müde.«

»Die ist auch schwanger. Schwangere Frauen sind immer müde.«

»Du bist aber nicht schwanger.«

»Na, hoffentlich nicht.«

»Wieso?«

»Wieso was?«

»Wieso hoffentlich nicht?«

»Weil ich kein Kind will.«

»Wieso?« Ich schaue aufs Handy, dreiviertel acht.

»Ich hab ja schon dich«, sage ich.

»Aber ich bin nicht dein Kind.«

»Aber ich fahr trotzdem mit dir durch Wien.«

»Schau«, es zeigt wieder aus dem Fenster, drei Polizeiautos mit Blaulicht stehen halb auf der Straße, halb auf dem Gehsteig.

»Mh?«

»Was glaubst du, machen die?«

»Weiß ich nicht, vielleicht eine Schlägerei oder so.«

»Oder es verkauft wer Drogen.«

»Was weißt du denn über Drogen?«

»Alles.« Das Nachbarskind grinst.

»Welche Drogen kennst du denn?«

»Alle.«

»Aha.«

»Der Nachbar vom Andin verkauft die manchmal.«

»Was, im Ernst?«

»Ja, deshalb hat er auch eine neue Tür.«

»Wie, eine neue Tür?«

»Der hat eine neue Tür gekauft, weil die alte war nur aus Holz und da kann die Polizei ganz einfach durchtreten.«

»Und die neue?«

»Die ist mit so Metall, die wiegt ganz viel. So viel wie ein Auto.«

»Mh. Bist du oft bei dem Nachbarn?«

»Nein.«

»Woher weißt du das dann?«

»Nur so.«

»Hat der Andin dir das erzählt?«

»Nein, ich hab sie schon gesehen, die Tür.«

»Aha.« Das Nachbarskind sagt nichts mehr, ich auch nicht, geht mich auch alles nichts an. Ich schaue einer alten Frau dabei zu, wie sie ihre Brille putzt, voller Hingabe haucht sie das Kassengestell an, reibt mit einem Stofftaschentuch daran, schaut prüfend durch die Gläser, fängt wieder von vorne an. Ihr Mund ist leicht offen, gelbe Zähne, dunkelgraue Füllungen.

Etwas Schweres an meiner Seite, das Kind ist eingeschlafen, lehnt mit dem Kopf an meinem Arm. Die alte Frau hört auf zu reiben, schaut zu uns, ausdruckslos. Das Nachbarskind atmet tief ein, der Kopf rutscht leicht nach vorne, ich schiebe ihn vorsichtig an meinem Arm nach hinten. Die dunklen, langen Haare sind überraschend weich, weicher als meine, vielleicht sogar weicher als Minzes Fell. Die alte Frau schaut immer noch zu uns, zieht die Augenbrauen hinauf, ich starre zurück, sie hält dem Blick kurz stand, dann schaut sie auf ihre Handtasche, zieht den Reißverschluss zu. Wir kreuzen den Gürtel, wie lange ist es her, dass ich im Sechzehnten war, am Brunnenmarkt? Vielleicht in der Oberstufe, als ich nach der Mittagspause mit Yasin und Esra durch halb Wien gefahren bin, U-Bahn und Bus, in der Bim wurde zu viel kontrolliert. Das Kind an meinem Arm atmet tief ein, tief aus. Ich schaue auf die Uhr, kurz vor acht, eigentlich alles nicht so tragisch.

Die Müdigkeit überkommt mich in der Arbeit. Sinan summt *Vienna Calling* von Falco, aber der Rhythmus stimmt nicht. Ich öle die gusseisernen Pfannen, Janosz steht neben mir, hält eine Pfanne in jeder Hand, schwenkt das Öl darin hin und her. Der Gasherd auf voller Stufe, der Dunstabzug schafft es nicht, den ganzen Rauch abzusaugen. Ich huste, Janosz schaut herüber, stellt die Pfannen ab, dreht die Flammen kleiner.

»Mach ruhig weiter, dann ist's schneller vorbei«, sage ich.

»Aber du schaust aus wie der Tod«, meint er.
»Das hat nix mit dem Öl zu tun.«
»Glaubt mir aber keiner, wenn du da umkippst.«
»Mh.«
»Hast du wieder Besuch gehabt?«
»Ja.«
»Wie heißt er?«
»Hakim.«
»Ah, ein Türke.«
»Ist mir gleich, Janosz, das frag ich nicht.«
»Bei mir hast du schon gefragt.« Ich greife hinüber, drehe die Flammen wieder auf.
»Das ist was anderes, wir arbeiten zusammen.«
»Aber bei irgendeinem Typen ist es dir egal?«
»Ja, schon.«
»Ganz schön brutal.«
»Wer ist brutal, die Connie?«, fragt Sinan, stellt sich neben Janosz.
»Wer sonst?«, erwidert Janosz.
»Gut ist's, es reicht«, sage ich.
»Was ist'n gewesen?«, fragt Sinan.
»Nix«, sagen Janosz und ich gleichzeitig. Hana kommt aus der Salatstation auf meine Seite, hält einen riesigen Sack Zwiebel in beiden Händen.
»Die alle?«, fragt sie Sinan. »Im Ernst?«
»Ja, alle«, sagt Sinan, »heut Zwiebelsuppe, morgen Zwiebelrostbraten. Sorry.«
»Hat dir das schon einmal wer gezeigt, wie das geht?«, frage ich.
»Nein«, antwortet Hana.
»Okay, ich komm gleich«, sage ich, »schäl sie schon einmal.« Hana nickt, macht kehrt.

»Seit wann bist du so nett?«, fragt Janosz.

»Hast einen Stand auf sie?«, grinst Sinan.

»Wieso sollt ich einen Stand auf sie haben?«

»Weißt eh«, Sinan zwinkert, »sie ist ja eine vom andern Ufer.«

»Die Hana?«, fragt Janosz. Ich will ihnen sagen, dass sie gefälligst leiser reden sollen, dass sie das nichts angeht.

»Komm, Janosz«, sage ich stattdessen, »wir haben alle noch ein paar Sachen zu erledigen, außer auf deine Pfannen zu warten.«

»Hast die Regel, Prinzessin?«, fragt Sinan.

»Schleich dich bitte, Sinan.«

»Ich geh eh schon.« Sinan klopft Janosz auf die Schulter, Fett schwappt aus der Pfanne in die Flamme, die Flamme sticht in die Höhe, alle gehen einen Schritt zurück, die Flamme schrumpft wieder. »Hoppala«, sagt Sinan.

»Du Trottel«, erwidert Janosz.

»Sorry, Bruder«, sagt Sinan.

»Sorry, Bruder«, äffe ich ihn nach.

Die ganze Ablage in der Salatstation ist voller nackter roter Zwiebel. Hana schält konzentriert, die Angst vor scharfen deutschen Messern lernt man schnell, ihr erstes Pflaster hat sie gleich am dritten oder vierten Tag gebraucht, wie wir alle.

»Hey«, sage ich, »gehen wir's an.«

»Hey, du.« Sie legt eine Zwiebel ab, ihr Gesicht ist nass, sie wischt mit dem Ärmel darüber. »Schon beim Schälen muss ich weinen, wie eine traurige Amateurin.«

»Wenn du Amateurin wärst, wärst du geschminkt.«

»Dann ist es ja gut, ich schminke mich nie.«

»Mh.« Ich fülle einen Becher mit Wasser, hole die Reibe, lege sie über einen Kübel, nehme eine Zwiebel, lege sie auf die horizontale Reibe, spieße sie mit dem Hobel auf. »Also, man nimmt einen Schluck Wasser in den Mund«, erkläre ich, »nicht zu viel, nicht zu wenig, dann weint man weniger. Und dann spießt man die Zwiebel auf, damit man sich nicht die Finger abhobelt.« Hana nickt, Schweiß auf ihrer Stirn, die Hitze von den Pfannen hat es jetzt schon bis in die Salatstation geschafft.

»Danke«, sagt sie, »muss ich noch auf irgendwas Spezielles schauen?«

»Nur auf grausliche Zwiebeln.«

»Wie, grauslich?«

»Oft schauen sie von außen schön aus, aber innen sind sie verfault. Da musst gut drauf schauen, sonst müssen wir alles weghauen und die Arbeit war völlig umsonst.«

»Okay. Und was machst du?«, fragt sie.

»Die Fritteuse und den Rest. Wann musst heut gehen?«

»Um drei. Um vier ist Uni.«

»Aha.«

»Du kannst gerne mal mitkommen, wenn du willst.«

»Auf die Uni?«

»Ja, das würde dir sicherlich gefallen.«

»Ich glaub nicht, Hana.«

»Warum nicht?«

»Na, sicher nicht, das ist nix für mich.«

»Wenn du es dir anders überlegst, gib Bescheid.«

»Mhm.« Ich gehe los.

»Connie?«

»Ja?« Ich drehe mich noch einmal zu ihr um.

»Ist alles okay?«

»Ja, wieso?«

»Du wirkst so erschöpft.«

»Ich bin nur müde, ich war Bim fahren.« Warum erzähle ich ihr das, was muss ich Hana beweisen, überhaupt nichts.

»Wie, Bim fahren?«

»Ist nicht so wichtig, ich muss frittieren gehen.« Ich vergesse den feuchten, öligen Boden, in der Kurve rutscht mir der rechte Fuß weg, alles kippt, ich mache die Augen zu, verloren ist verloren, mein Kopf trifft Metall, meine Hüfte den Boden.

»Connie!«, ruft Hana. Ich will die Augen nicht mehr aufmachen, nicht mehr in dieser Küche stehen, ich will mich einfach in den Zweier setzen, alte Frauen anstarren, bis ich gewinne, den Kinderkopf an meiner Schulter.

»Connie, bitte mach die Augen auf, komm«, sagt Janosz über mir, es riecht nach Zitronenputzmittel und Fett, ich mache die Augen auf, höre etwas pochen, dann ein Ziehen links im Kopf. Nebeneinander hocken sie, Hana, Janosz, Sinan, alle die gleiche Panik in den Augen.

»Ich war nur zu schnell«, antworte ich, meine Stimme ist leise gegen das Pochen.

»Blutet's?«, fragt Sinan.

»Na«, antworte ich, »nix passiert.« Ich setze mich auf, das Pochen setzt sich laut in den Hinterkopf, ich fasse hin, kein Blut, immerhin habe ich recht gehabt.

»Scheiße, Connie, so ein Schreck«, sagt Janosz.

»Magst du versuchen, aufzustehen?«, fragt Hana, streckt mir eine Hand hin. Ich nicke, lasse mir aufhelfen, ihre Hände sind angenehm kühl. Sinan hockt immer noch da wie angewurzelt, starrt den Boden an, als wäre ich liegen geblieben, als wäre ich auf dem Küchenboden im Rösch gestorben, als müsste er sich jetzt überlegen, wie er meine Leiche am besten loswird. Janosz holt ein Glas Wasser, Hana begutachtet mich, wie ich am Türrahmen lehne.

»Sicher, dass nichts angeknackst ist?«, fragt sie.

»Sicher.«

»Auf jeden Fall musst du heim ins Bett«, sagt Janosz, »ich begleite dich.«

»Na, ich bleib da«, erwidere ich, höre, wie piepsig ich klinge, zittrig, lächerlich. Gleich nimmt mir das Ziehen im Nacken das letzte bisschen Luft.

»Sicher nicht«, sagt Janosz, »Hana, sagst du bitte der Berta Bescheid?« Hana schaut von ihm zu mir und zurück.

»Mache ich«, antwortet sie, geht. Janosz kommt zu mir, legt mir den Arm um die Taille, ich lege meinen Arm um seine Schulter, gehe mit, wem mache ich was vor. Janosz geht mit mir in den Lagerraum, hilft mir beim Umziehen, sagt nichts, schaut nur kurz kritisch auf meine Hüfte.

»Ist es schon blau?«, frage ich. Er schüttelt den Kopf, streicht ganz leicht über die Stelle, ich zucke zusammen, er entschuldigt sich. Alles dauert ewig, zum Schluss bindet mir Janosz noch aufwendig die Schuhe zu. Beim Herauskommen steht Berta vor der Tür, die Arme verschränkt, das Handy in der Hand.

»Ich hab die Sylvia angerufen«, sagt sie.

»Warum die Mama, Berta??«

»Weil du mir sicher nicht heimgehst und dann mutterseelenallein auf ein Wunder wartest.«

»Berta, das …«

»Du musst heimgehen und dann mit der Sylvia zum Doktor. Und gemma«, sagt sie mehr zu Janosz als zu mir. Wir setzen uns in Bewegung, draußen vor dem Rösch bleibe ich stehen, schaue mich um, keine Spur von Berta.

»Ich muss Mama anrufen und ihr sagen, dass sie nicht kommen soll.«

»Wir bringen dich jetzt erst einmal heim, Connie.«

»Sie soll nicht kommen.«

»Ich weiß, ich weiß.« Janosz geht einfach weiter. Ich versuche, weniger auf ihm zu lehnen, aber das linke Bein macht, was es will. Auf der Straße wenig Verkehr, später Vormittag, nur die Busse auf beiden Seiten, 5A, 5B, wieso gibt es eigentlich so viele Fünfer. Auch im Innenhof ist wenig los, Frau Zukić steht weiter von der Haustür weg als sonst, hält eine Packung Zigaretten in der Hand, aber keinen Tschick. Sie winkt uns her, aufgekratzt schaut sie aus. Janosz geht unberührt davon langsam weiter.

»Connie«, ruft Frau Zukić, kommt uns die letzten Schritte entgegen, »die Dings ist da, die Dings von Wiener Wohnen, die streitet oben mit der Sylvia, komm, tu weiter, du weißt eh …«

»Scheiße«, sage ich, ziehe die Hand von Janosz' Hüfte weg, winde mich aus seinem Arm, »ich muss schnell rauf, danke, Janosz, ich meld mich dann schon.«

»Connie, ich kann mit …«

»Ciao, danke«, sage ich, das Pochen ist jetzt im ganzen Kopf, hinter der Stirn und zwischen den Ohren. Ich drehe mich nicht noch einmal um, schleppe mich nur hinter Frau Zukić die Stufen hinauf, das Ziehen im Nacken, das Pochen im Kopf, ich halte mich am Geländer an, ziehe mich hinauf. Frau Zukić schaut nicht nach hinten, seit wann kann die Frau so schnell gehen. Ich kann Mama hören, bevor ich sie sehen kann.

»Sie sind nicht Gott, soweit ich weiß«, ruft Mama schrill, die Worte picken aneinander, wie viel hat sie getrunken, es ist doch noch nicht einmal Mittag.

»Bitte, beruhigen Sie sich erst einmal«, sagt eine zweite Frauenstimme. Frau Zukić schnauft, dreht sich zu mir um, schüttelt den Kopf. Was will sie mir damit sagen? Dass es nichts bringt, sich einzumischen? Wir gehen ums Eck, vor meiner Tür stehen sie, Mama im falschen Pelzmantel, die Frau von Wiener Wohnen daneben schaut aus wie eine Maus, klein, grau, unwichtig. Sie hat Frau Zukić und mich kommen gehört, Mama folgt ihrem Blick.

»Die Connie ist da«, sagt Frau Zukić, legt mir eine Hand auf die Schulter, schaut mich kurz fahrig an, geht dann zurück

Richtung Stiege. Ich drücke die Augen fest zu, das Pochen setzt aus, ich mache sie wieder auf, beide Frauen schauen mich an, keine von ihnen redet. »Mama, was machst du da?«, frage ich.

»Deine Wohnung verteidigen«, sagt Mama, ich kann ihre Fahne riechen, dabei stehe ich eine Tür von ihr weg.

»Wieso denn verteidigen?« Ich lehne mich an die Wand, atme ein, atme aus, alles muss irgendwann vorbeigehen.

»Es ist nur Routine«, sagt die Wiener Wohnen Frau, »ich bin die neue Zuständige, deshalb klopfe ich einmal an jede Tür.«

»Das glaubst ja selber nicht«, zischt Mama, schüttelt den Kopf, sie ist stark geschminkt, viel Wimperntusche, viel Lidschatten, aber kein Lippenstift, vielleicht hat die Zeit dafür nicht mehr gereicht.

»Mama, lass die Frau bitte in Ruhe«, sage ich, schaue dann die Wiener-Wohnen-Frau an. »Entschuldigung, ich würd jetzt gern in meine Wohnung gehen.« Die Frau nickt.

»Geht es Ihnen gut?«, fragt sie.

»Das geht Sie schon einmal gar nix an«, sagt Mama laut, das Kinn in der Höhe, eine gescheiterte Königin ohne Lippenstift, aber mit viel Promille.

»Gut, ich komme bald wieder vorbei, dann klopfe ich bei Ihnen an«, sagt die Wiener-Wohnen-Frau, geht langsam weiter Richtung Tür siebenunddreißig. Mama versucht, meine Wohnungstür aufzusperren, aber kriegt den Schlüssel nicht hinein. Drüben klopft die Wiener-Wohnen-Frau an Tür siebenunddreißig, das Nachbarskind reißt die Tür auf, stellt sich auf den Fußabstreifer.

»Wer bist du?«, fragt es.

»Ich bin die neue Zuständige«, antwortet sie, »sind deine Eltern da?«

»Nein.«

»Wann kommen sie denn wieder?«

»Weiß ich nicht.«

»Gut, dann komme ich bald noch einmal vorbei.«

»Constanze, rühr dich«, sagt Mama neben mir, endlich ist der Schlüssel im Schloss. Minze steht mit großen Augen vor der Klotür, Mama war schon lange nicht auf Besuch.

»Connie?«, ruft das Kind. Ich halte inne, schaue hinüber, hebe die Hand.

»Hey.«

»Kann ich zu dir kommen?«

»Warum bist du nicht in der Schule?«

»Warum bist du nicht in der Arbeit?«

»Constanze, komm jetzt«, sagt Mama zu mir, zieht mich in die Wohnung, knallt die Tür zu. Minze rennt ins Schlafzimmer. Ich lehne mich von innen an die Wohnungstür, das Ziehen ist weniger geworden, das Pochen leiser, aber eine Übelkeit breitet sich vom Bauch bis in den Hals aus.

»Mama, du brauchst nicht da sein.«

»Und du kannst aufhören mit'm Sudern.«

»Ich bin gestürzt.«

»Und? Was soll ich machen?« Große Gesten mit ihren Händen, ein Wedeln.

»Wie viel hast schon getrunken, Mama?«

»Ich glaub's nicht, womit hab ich ein undankbares Kind wie dich verdient?«

»Mama, du bist angesoffen, ich brauch das jetzt nicht, ich …«

»Glaubst, mir ist fad den ganzen Tag?« Sie wedelt wieder. »Glaubst, ich find das lustig, wenn die Berta mich anruft? Was soll ich ihr sagen, hm? Dass ich nicht nach dir schauen geh? Dass ich selber Probleme hab?«

»Kannst jetzt eh wieder gehen, Mama. Es geht schon.«

»Leg dich erst nieder, dann geh ich. Ich lass mir nachher sicher nicht sagen, dass ich nicht auf dich schau.«

»Okay.« Hauptsache, es geht alles vorbei. Ich gehe voraus, die Tür rückt nach links, ich mache die Augen ganz weit auf, greife zum Türrahmen.

»Patschert wie ein Kind«, höre ich Mama hinter mir. Ich streife die Schuhe ab, lege mich so ins Bett, wie ich bin, mit Jacke, mit Schal. Ich schaue zur Wand.

»Meldest dich halt, wenn was ist«, sagt Mama leiser, versöhnlicher.

»Geht schon, Mama. Danke.«

»Und heb ab, wenn ich dich anruf. Ich wohn nicht mehr da im Zwanzigsten, ich kann nicht immer einfach so herkommen.«

»Mhm.«

»Bis dann.« Sie geht, lässt ihren Geruch nach starkem Parfüm und Schnaps da. Ich würde gerne das Fenster aufmachen, aber beim Aufsetzen dreht sich alles. Irgendwann kommt Minze zu mir, legt sich neben mich, starrt mich an, sicher hat sie Hunger.

»Ich kann dir jetzt nix geben«, sage ich, »später vielleicht.« Sie macht die Augen zu, als hätte sie vollstes Verständnis. Ich mache es ihr nach, alles kommt zurück, das Pochen, das Ziehen, dazu die Übelkeit. Ich liege ganz still, damit es vorbeigeht. Das Weinen kommt ganz von alleine dazu, ich kann nichts machen, nur liegend warten, bis es endlich dunkel wird.

ACHT

Eine ganze Woche liege ich im Bett, schon am zweiten Tag läutet Frau Atamnaya an der Tür. Sie sagt, dass jemand bei ihr angerufen hat, dass sie nach mir schauen will, weit hat sie es ja nicht von der Ordination. Sie redet weniger als sonst, hält meinen Kopf in den Händen, dreht ihn vorsichtig, fragt, ob mir schlecht ist. Ich lüge. Sie sagt, dass es eine Gehirnerschütterung sein kann, aber dass man das erst weiß, wenn ich mich im Spital untersuchen lasse, dass ich das Privileg habe, direkt neben einem Spital zu wohnen, ob sie mich hinbringen soll. Ich bedanke mich, lüge, dass ich morgen hingehe, damit sie mich wieder in Ruhe lässt.

Fast jeden Tag kommt Janosz vorbei, auch an seinem freien Tag, er bringt Essen mit, füttert Minze, putzt, saugt. Ich gebe ihm den Ersatzschlüssel, er klopft trotzdem jedes Mal. Wir schauen fern, der Wiener Wahlkampf geht langsam los, obwohl noch nicht einmal Frühling ist. Janosz weiß nichts über Wiener Politik, es geht ihn nichts an, meint er, weil er die Staatsbürgerschaft nicht kriegen kann.

»Ändern tut sich eh nix«, sagt er.

»Doch, schlechter kann's immer werden.«

»Was soll denn schlechter werden?«

»Schau raus aus Wien, in die andern Bundesländer, Janosz. Da gibt's keine U-Bahn, keinen Gemeindebau, keine richtige SPÖ, nix.«

»Mh. Wählst du SPÖ?«

»Sicher, wen sonst? Alle da wählen die SPÖ. Oder halt die FPÖ.«

»Macht das einen Unterschied?«

»Janosz, du machst mich müde. Reden wir wann anders drüber.« Es läutet an der Tür.

»Kommt jemand?«, fragt Janosz.

»Eigentlich nicht.«

»Ich schaue schon nach.« Er geht, ich kann vom Bett aus nicht zur Tür schauen, aber die Kinderstimme kann ich hören.

»Komm ruhig rein«, rufe ich. Ich höre laute, schlurfende Schritte, dann steht das Nachbarskind im Schlafzimmer, viel zu große Schuhe an den kleinen Füßen.

»Hey«, sage ich.

»Hey.« Janosz biegt in die Küche ab, das Kind lehnt sich an den Türrahmen. »Was ist mit dir passiert?«, fragt es.

»Ausgerutscht bin ich, im Rösch.«

»Warst du im Spital?«

»Na.«

»Das ist gut.«

»Wieso?«

»Weil die dir vielleicht das falsche Bein absägen.«

»Aber ich hab nix mit den Beinen. Nur am Kopf.«

»Wieso liegst du dann im Bett?« Das Nachbarskind schaut aus dem Fenster, ein grauer Vormittag.

»Nur so«, sage ich, »und du, was tut sich so bei dir?«

»Mir ist fad.«

»Wieso?«

»Die haben mich heimgeschickt.«

»Die von der Schule?«

»Ja, dabei hab ich nix gemacht, nix Schlimmes oder so.«

»Aha.«

»Magst du mit mir Bim fahren?«

»Die Connie muss im Bett bleiben«, erwidert Janosz aus der Küche.

»Bist du ein Doktor, oder was?«, fragt das Nachbarskind. Ich muss grinsen, setze mich so aufrecht wie möglich hin, schaue das Kind genau an, kann es sein, dass es größer geworden ist?

»Bist du gewachsen?«, frage ich.

»Weiß ich nicht.«

»Janosz«, rufe ich, »in der Küchenschublade ist ein Maßband, bring das einmal her, bitte.« Ich höre Seufzen, dann Besteckklappern.

»Da ist kein Maßband, nur ein Lineal mit fünfzehn Zentimetern.«

»Sorry«, sage ich zum Nachbarskind. »Was ist denn mit dem Andin?«, frage ich.

»Nix.«

»Wieso triffst du dich nicht mit dem, wenn dir fad ist?«

»Die sind nicht da.«

»Mh?«

»Die haben weggehen müssen.«

»Er und seine Familie?«

»Ja, wegen der Polizei.«

»Mh.«

»Aber der kommt sicher wieder. Ich weiß nur noch nicht, wann.«

»Und in der neuen Schule?«

»Da sind alle scheiße.«

»Wer jetzt?«

»Alle.«

»Aha.« Janosz kommt herein, drei Teller auf dem Arm, es dampft.

»Was hast du gezaubert?«, frage ich.

»Nur schnell einen Grießbrei.«

»Für mich auch?«, fragt das Kind.

»Sowieso.« Janosz gibt ihm einen Teller, setzt sich dann ans Bettende, reicht mir eine Portion herüber. Nüsse, Apfelscheiben, Zimt, alles schön angeordnet auf dem Brei, wo hat er das alles her, in meiner Küche gibt es nichts davon. Ich bedanke mich, fange an zu essen, niemand redet.

»Wohnst du jetzt auch da?«, fragt das Nachbarskind Janosz irgendwann.

»Nein, ich hab eine eigene Wohnung, im Einundzwanzigsten.«

»Aber du bist immer da.«

»Nein, nur jetzt gerade bin ich viel da.«

»Weil die Connie sonst keine Freunde hat?«

»Die Connie hat schon Freunde«, sagt Janosz, »aber ich bin eben ein sehr guter Freund von ihr. Und sehr gute Freunde müssen aufeinander schauen. So wie Eltern auf ihre Kinder schauen müssen.« Das Nachbarskind hält kurz inne, schaut konzentriert auf den Brei, dann wieder zu Janosz.

»Aber manchmal können die das nicht«, sagt es.

»Sollten sie aber«, erwidert Janosz.

»Reden wir nicht über Eltern bitte«, sage ich, bevor Janosz noch nachfragt, was hinter Tür siebenunddreißig genau passiert und damit zum Jugendamt rennt.

»Wann kannst du wieder Bim fahren?«, isst das Nachbarskind mit offenem Mund.

»Ganz bald«, sage ich, »ich muss nur noch rasten, aber dann ist alles wieder normal.« Janosz schüttelt den Kopf. Das Kind stopft sich den letzten Löffel in den Mund, stellt den Teller noch kauend auf den Boden, dann geht es, ohne sich zu verabschieden.

»Himmel, Connie«, sagt Janosz, nachdem die Wohnungstür mit einem Knall ins Schloss gefallen ist.

»Was?«

»Was redest du da für einen Blödsinn? Man muss Kinder nicht anlügen, das weißt du schon, oder?«

»Ich lüg nicht.«

»Du hast keine Ahnung, wann es dir wieder gut gehen wird. Du willst ja partout nicht ins Spital.«

»Ich brauch nicht ins Spital, okay? Mir sind schon viel ärgere Sachen passiert, die hab ich alle auch ohne ein Spital überlebt.«

»Aber du musst nicht sein wie deine Mutter.«

»Du verstehst gar nix, Janosz, das hat nix mit der Mama zu tun.«

»Ich meine ja nur.«

»Du meinst was?«

»Wie sie sich … du weißt schon …« Er zuckt mit den Schultern.

»Wie was?«

»Deine Nachbarin, die ältere, die hat mir erzählt, wie sie sich aufgeführt hat. Deine Mama, meine ich, nach dem Sturz, mit der Frau von Wiener Wohnen.«

»Das ist halt so, Janosz, Familien kann man nicht ändern. Das weißt du doch von allen am besten, oder?«

»Ich will nicht streiten, Connie, ich will nur sagen, dass man es schon auch anders machen kann.«

»Ja, ja.«

»Komm, gib mir deinen Teller.« Er streckt seine Hand herüber, kurz überlege ich, ob ich ihn einfach so sitzen lasse, um zu schauen, wann er die Hand zurückzieht. Aber ich gebe ihm den Teller.

»Die Hana fragt, ob sie dich besuchen darf«, sagt er.

»Mich?«

»Ja.«

»Warum will sie mich besuchen kommen? Sie kennt mich ja gar nicht.«

»Ich vermute, sie hat dich einfach gern.«

»Mh. Ja, wenn sie will, kann sie schon kommen.«

»Ich richte es ihr aus.«

»Wie geht's der Sveti?«

»Nein, Connie.«

»Okay.«

»Ich muss dann auch gehen«, sagt er mit Blick auf sein Handy.

»Grüß mir alle.«

»Auch den Andi?«

»Alle außer den Andi.«

»In Ordnung.« Janosz steht vom Bett auf, legt mir die Hand auf die Stirn wie in einem kitschigen Arztfilm.

»Du bist kein Doktor, Janosz, hör auf mit dem Blödsinn.«

»Ich will nur schauen, ob du Fieber hast.«

»Brauchst nicht, hab ich nicht.« Er nimmt die Hand weg, schaut mich ernst an.

»Manchmal glaube ich, du denkst, das ist alles nur ein Spiel«, sagt er.

»Was?«

»Das Leben, Connie, das ganze Leben. Es ist aber kein Spiel.«

»Danke, Janosz, aber es ist meins, nicht deins. Und ich stell damit an, was ich will.«

»Es kann dich sowieso niemand davon abhalten. Aber gesund ist das nicht.«

»Ja, ja.«

»Bis morgen, Connie.«

»Danke, bis morgen.«

In der Nacht wache ich wieder von Schreien in der Wand auf. Ich setze mich auf, Minze neben mir blinzelt verschlafen. Der Nachbarskindvater schreit lange, irgendwann hört er auf, dann schreit die Nachbarskindmutter, etwas donnert auf den Boden, immerhin ist keine Kinderstimme zu hören. Ich lege meine Hand auf Minzes Bauch und den Polster über meinen Kopf, mache die Augen zu. Irgendwann hört das Schreien auf.

In der Früh weckt mich ein Klopfen, ich schaue aufs Handy, sieben Uhr, sicher das Nachbarskind vor der Wohnungstür. Langsam wie eine alte Frau stehe ich auf, kneife ein Auge zu, das Pochen im Kopf ist zwar weg, aber das Ziehen im Nacken ist immer noch da. Ich lege den Kopf leicht schief, während ich die paar Schritte zur Tür gehe. Hana schaut aus wie aus einem Magazin für junge Bobo-Mamas, die Haare in einem schiefen Zopf, den ein Stoffband kunstvoll zusammenhält. Goldene Ohrringe, rote Wangen, es muss immer noch wahnsinnig kalt draußen sein. Ist schon März?

»Guten Morgen«, begrüßt sie mich.

»Hey.«

»Ich bin voll früh dran, das tut mir echt leid«, sagt Hana, als hätten wir dieses Treffen ausgemacht.

»Kein Problem.« Ich schaue kurz nach rechts, kein Kind vor Tür siebenunddreißig.

»Wie geht es dir denn so?«, fragt Hana.

»Gut, gut.«

»Ich hab Frühstück mitgebracht, magst du was?«

»Gern, danke.« Sie kommt vorsichtig in die Wohnung, zieht die Schuhe aus, steht unsicher im Gang. Ich gehe ihr voraus in die Küche, sie kommt nach.

»Ich hab leider nur staubigen Kaffee.«

»Ich kann ihn machen, setz du dich einfach hin.«

»Na, geht schon. Mir geht's schon fast wieder normal.«

»Du siehst aber nicht so aus.« Sie schaut mich kritisch an. »Janosz hat erzählt, dass du nicht ins Spital gehen willst.«

»Mhm.«

»Aber warum nicht?«

»Das ist nicht so meins.«

»Wie, das ist nicht so deins? Niemand mag Spitäler, aber du hast sogar gleich eines vor der Haustür.« Sie schaut aus dem Fenster, ich schaue ihr nach, das Ziehen im Nacken nimmt mir kurz den Atem. Ich setze mich hin, lasse Hana machen. Von ihrer Unsicherheit ist nichts mehr zu sehen, sie setzt Wasser auf, öffnet Kästen, findet erst die Kaffeekanne, dann den Kaffee, summt ein Lied dabei. Wie wird man so, will ich fragen, woher kommt diese Energie, dieses viele Leben in einem einzigen Körper, sie arbeitet doch in derselben Küche wie ich, lebt doch in derselben Stadt wie ich. Minze kommt aus dem Schlafzimmer in die Küche, bleibt nicht wie immer in der Tür stehen, sondern stolziert schnurgerade auf Hanas Beine zu, streicht um sie, bleibt neben ihr sitzen. Hana bückt sich hinunter, streichelt Minzes Kopf, schaut dann zu mir.

»Und wer ist das?«, fragt sie.

»Das ist die Minze. Meine Nachbarin hat sie geschenkt bekommen, aber dann ist sie gestorben, die Nachbarin. Und dann hab ich die Minze übernommen.« Warum erzähle ich ihr das alles?

»Ich wollte schon immer eine Katze«, sagt Hana, krault Minze sanft im Nacken, »aber immer ist irgendwas dazwischengekommen. Und jetzt ist es auch zu spät.« Der Wasserkocher klickt, Hana richtet sich wieder auf, gießt Wasser auf den Kaffee, holt Gebäck aus ihrem Rucksack, stellt es auf den Tisch. Alles macht sie unglaublich laut, ganz anders als Janosz. Ich will zurück ins Bett, meinen Kopf unter dem Polster. Dösen, bis Janosz kommt.

»Voilà«, sagt Hana, setzt sich, der ganze Tisch steht voll mit Essen. Sie drückt in einem Zug das Kaffeesieb herunter, als gäbe es keinen Widerstand.

»Danke.«

»Greif zu, bitte.« Ich nehme das kleinste Weckerl, eigentlich habe ich keinen Hunger, aber das kann ich ihr kaum sagen. »Selbst gemacht«, sagt sie, lächelt zufrieden.

»Danke, Hana.«

»Tut mir leid, dass ich erst heute komme. Aber ich wusste nicht, wie es dir geht. Aus Janosz hab ich nichts herausgekriegt.«

»Mh.« Ich beiße ab, das Weckerl ist noch warm. Wie früh ist sie aufgestanden?

»Er ist ja schon zurückhaltender als die anderen. Vor allem, wenn es um dich geht.«

»Wieso um mich?«

»Na ja, wie er …«

»Der Janosz und ich, wir sind nur Freunde, Hana. Wir kennen uns einfach schon ewig.« Ich merke, wie mir langsam warm wird, wie die Zehen und Finger auftauen.

»Und der Besuch von neulich? Dieser Hakim?«

»Der Hakim ist nur irgendwer, nix Besonderes.« Hana nickt, trinkt Kaffee, lässt ihren Blick schweifen. Sie sieht die Kronen Zeitung auf der Fensterbank, die Janosz mir mitgebracht hat. »So eine Katastrophe«, sagt sie, schüttelt den Kopf, trinkt einen langen Zug Kaffee, lässt sich nichts anmerken.

»Was denn?«

»Wien. Eine einzige Schlangengrube ist das.«

»Wegen der Wahl?«

»Wegen allem.« Ihr Blick ist ernst geworden. »Alle sind korrupt, alle bedienen sich, wo sie können.«

»Immerhin in Rot und nicht in Schwarz.«

»So rot wie eingetrocknetes Blut vielleicht«, sagt sie. »Oder glaubst du, dass noch irgendwen in der SPÖ die Arbeiterinnen und Arbeiter interessieren?«

»Besser wie Niederösterreich.«

»Alles ist besser als Niederösterreich.«

»Mhm.«

»Tut mir leid, ich wollte mich gar nicht so aufregen«, sagt sie leiser. »Da, iss doch noch eines.« Sie legt mir ein zweites Weckerl auf den Teller, mein Magen rebelliert.

»Der Janosz weiß nicht einmal, wer der Bürgermeister von Wien ist, glaube ich.« Ich weiß nicht, warum ich so mit ihr über Janosz rede. Janosz redet sicher nicht so über mich.

»Wenn es wenigstens einmal eine Frau wäre«, sagt Hana.

»Bürgermeister von Wien?«

»Bürgermeisterin, ja.«

»Fix nicht.«

»Warum denn nicht?«

»Frauen schaffen's nie so weit.«

»Stück für Stück schaffen wir es schon.«

»Wir? Willst du Bürgermeisterin werden?«

»Warum nicht?« Sie grinst, verschränkt die Arme vor der Brust, dreht sich leicht zur Seite. »Hana Halilović, Ihre Wahl für diese Wahl.«

»Zu spät, glaub ich«, sage ich, erwische mich auch beim Grinsen.

»Dann eben bei der nächsten Wahl. Würdest du mich wählen?«

»Sicher. Allein damit du nicht ewig im Rösch bleiben musst.«

»So wie du?«

»Ich bleib glaub ich auch nicht ewig dort.«

»Wo würdest du denn gerne hin?«

»Weiß ich nicht, irgendwas wird schon daherkommen.«

»Verstehe.« Sie schaut mich an wie eine skeptische Politikerin.

»Sag ruhig, was du sagen willst, Hana.«

»Nichts, nur …« Sie schaut aus dem Fenster, dann wieder zu mir. »Woher willst du denn wissen, was dir gefallen könnte, wenn du es nie probierst? Wenn du immer nur arbeitest?«

»Ich arbeite gar nicht immer.«

»Wie viele Überstunden hast du denn?«

»Weiß ich nicht, das zählt die Berta zusammen.«

»Und dann?«

»Und dann zahlt sie's mir am Ende vom Monat oder vom Quartal aus.«

»Das ist verboten, Connie. Du hast ein Recht drauf, dass das zu Urlaub wird.«

»Mir ist das Geld aber eh lieber.«

»Aber …«

»Hana, das Rösch hat schon immer so funktioniert. Und du bist nur ein paar Stunden in der Woche da, du bist eine Sonderkategorie.«

»Eine gute oder eine schlechte?«

»Kommt drauf an, wen du fragst.«

»Und wenn ich dich frage?«

»Weiß ich nicht.« Das Pochen ist leise zurückgekommen, ich trinke einen großen Schluck Kaffee, lauwarm. Wie lange sitzen wir schon da? Ich schaue auf die Uhr, Hana folgt meinem Blick, kriegt große Augen, steht so schnell auf, dass es den Sessel fast umhaut.

»Mist.« Sie packt wahllos Sachen vom Tisch in den Rucksack, hält inne, packt sie wieder aus. »Das ist alles für dich, ich muss los«, sagt sie, rote Flecken auf ihrem Hals.

»Wohin denn?«

»Zur Uni. Um acht startet er, und wer zu spät kommt, kriegt sofort Notenabzüge.«

»Wer, er?«

»Der Professor.«

»Aha.« Ich bleibe sitzen, immer noch das Pochen hinter den Augen.

»Ciao, Connie«, sagt Hana, breitet die Arme aus, ich stehe

auf, viel zu schnell, das Pochen wird ein Wummern, ich mache die Augen zu, Hanas Arme um mich, sie riecht nach Seife und Brot, wir sind gleich groß, meine Arme um sie, ich atme ein, atme aus. Hana löst sich, wickelt eine Strähne zurück in den Zopf, lächelt. »Bis morgen.«

NEUN

Beim Zurückkommen ins Rösch tun alle so, als wäre ich im Krieg gewesen. Berta umarmt mich lang, tätschelt mir dabei den Rücken. Sinan sagt, er übernimmt die ersten Tage die Drecksarbeit für mich. Andi sagt nichts, das Beste, was passieren kann. Janosz schaut besorgt drein, noch am Abend hat er am Telefon gesagt, ich soll daheim bleiben, mich auskurieren oder wenigstens zu Frau Atamnaya gehen. Lin wartet, bis wir zu zweit in der Salatstation sind, nimmt dann meine Hände, murmelt leise irgendetwas, das ich nicht verstehe, wie ein Gebet hört es sich an. Hana ist nicht da, erst morgen arbeitet sie wieder.

Nach einer Stunde ist alles wie immer, Sinan schreit eine Bestellung zu uns nach hinten, weil der Minidrucker sich aufgehängt hat. Janosz schreit Sinan an, dass er nicht so schreien soll. Andi schreit, sie sollen beide ihre Goschen halten, weil er einen Kater und keinen Nerv für den Dreck hat.

»Männer«, sagt Lin neben mir, schaut nicht weg von der Gurke, die sie gerade hachelt.

»Mh.«

»Noch ein Salat mit Ei und zwei Kaiserschmarren«, schreit Sinan.

»Kommt«, ruft Lin zurück, sogar dabei klingt sie freundlich, wie macht sie das bloß.

»Ich mach den Kaiserschmarren«, sage ich zu ihr, gehe zum kleinen Heißluftofen, der sich leicht schief an den großen Ofen lehnt, schaufle Kaiserschmarren auf zwei Teller, stoße mit dem Ellenbogen die Ofentür wieder zu. Der Schmerz ist sofort da, erst in der Seite, in der Hüfte, dann kommt das Ziehen im

Nacken dazu. Ich mache die Augen zu, warte, bis es aufhört, zähle die Herzschläge in meinen Ohren.

»Connie?«, fragt Sinan, ich mache die Augen auf, er steht schräg neben der Fritteuse, schaut mich an wie ein verschrecktes Kind aus einer heilen Familie, das noch nie angesoffene Eltern erlebt hat.

»Nix passiert«, sage ich, »war eh nur der Dampf.«

»Okay. Sonst mach ein Pauserl, Connie.«

»Ja, mach ich dann gleich.«

»Sorry, dass ich nie vorbeigekommen bin«, sagt er leise.

»Mh?«

»Bei dir, dass ich dich nie besucht hab, weißt. Nicht wie der Janosz oder die Hana.«

»Mach dir keinen Stress, Sinan. Ich bin eh nur herumgelegen.«

»Trotzdem sorry.« Ich trage die Teller zur Ablage, hole den Kübel mit dem Zwetschkenkompott aus dem Kühlschrank, leere viel zu viel darauf, aber was soll's. Andi steht vor dem Herd, starrt auf eine Pfanne vor sich.

»Zweimal Kaiserschmarren«, sage ich, stelle ihm die Teller hin.

»Was hast'n du der Hana über mich erzählt?«, fragt er, ohne von der Pfanne aufzuschauen.

»Wieso?«

»Du weißt genau wieso, Connie. Brauchst dich nicht noch depperter stellen, wie du eh schon bist.«

»Ich geh der Lin helfen.«

»Ja, das tust, das kannst am besten. Einfach davonrennen oder gleich daheim bleiben zum Simuliern.«

»Und du schaffst es, dass alle dir ausweichen, weil du so ein furchtbarer Mensch bist. Herzlichen Glückwunsch, Andi.« Jetzt schaut er zu mir. Irgendwann macht er vielleicht Ernst, drischt mir eine Pfanne ins Gesicht, dass es nur so blutet. Dann wäre er zumindest endlich Geschichte.

»Vergiss nicht, wer da wer ist«, sagt er, gepresste Stimme, Schweiß auf der Stirn. Ich drehe mich um, gehe nicht an ihm vorbei zurück zur Salatstation, sondern den Weg über die Fritteuse. Sinan schaut fragend, ich muss grinsen, zucke mit den Schultern. Soll Andi sich ruhig wie ein Gott fühlen, die Küche gehört trotzdem uns.

Obwohl Samstag ist, ist der Minidrucker früh still. Nach der Rauchpause sagt Lin, ich soll heimgehen, es braucht uns nicht beide. Ich widerspreche nicht, mir tut alles weh. Es dauert ewig, den Vorbinder zu lösen. Das Kochhemd knöpfe ich nicht auf, sondern ziehe es mir einfach über den Kopf, meine Haare bleiben in den Knöpfen hängen, ich ziehe weiter nach oben, Haare reißen ab, es ist mir egal.

Die Straßen sind leer, obwohl es erst neun ist, nicht einmal vor dem Spital ist viel los. Kein Mensch vor der Stiegentür oder im Stiegenhaus, ich überlege, ob ich bei Frau Zukić klopfen soll, um sie nach Zigaretten zu fragen. Meine sind aus, Janosz und Sinan haben alle geraucht. Kurz stehe ich vor ihrer Tür, aber lasse es bleiben, gehe weiter hinauf, mit jeder Stufe werde ich langsamer.

Das Nachbarskind sitzt an meine Tür gelehnt, die Augen zu, der Kopf schief, der gleiche Kapuzenpullover wie im Februar. Vorsichtig gehe ich hin, tippe es am Knie an.

»Hey«, sage ich leise.

»Was?«

»Du schläfst vor meiner Tür.«

»Ja.«

»Magst du nicht heim?«

»Kann ich zu dir?« Hinter meiner verschlossenen Tür miaut Minze. Das Kind steht auf, schaut verschlafen aus, verloren.

»Sicher, komm«, sage ich, sperre auf, das Nachbarskind hinter mir her, ich ziehe mir die Schuhe aus, schaue zum Kind, es hat nur Socken an, die Haare sind zerzaust, eine Wange ist röter als die andere. »Ist was passiert?«, frage ich.

»Nein, nix.«

»Ist was mit deinen Eltern?«

»Nein.«

»Mh.« Ich ziehe die Jacke aus, füttere Minze, hole ein Glas Wasser, überlege, ob ich dem Kind ein kleines Leiberl von mir zum Schlafen geben soll oder ob das unnötig wäre, weil es ja nur eine Nacht ist. Ich drehe mich um, das Nachbarskind ist nicht mehr da, ich schaue ins Bad, ins Klo, dann erst ins Schlafzimmer. Auf dem Boden liegen die zwei kleinen Socken, im Bett liegt das Kind auf dem Rücken, wie tot schaut es aus, die Arme eng am Körper, die Beine gerade ausgestreckt.

Ich putze mir die Zähne am Klo, ziehe mir eine Jogginghose an, stelle mich vor das Bett. Das Nachbarskind liegt immer noch gleich da, nur den Kopf hat es mittlerweile zur Wand gedreht. Minze kauert daneben, zwischen Wand und Kind, eine wenig ernst zu nehmende Wächterin. Mein Kopf dröhnt, vorsichtig lege ich mich verkehrt herum ins Bett, den Kopf am Fußende, ziehe die Decke unter dem Nachbarskind weg, decke uns beide zu. Minze fängt leise an zu schnurren, das Kind atmet tief. Ich mache die Augen zu, denke an die Nachbarskindeltern, die hoffentlich vor Angst keine Sekunde schlafen können.

In der Früh klopft es an der Tür, ich mache die Augen auf, verstehe spät, warum unter mir kein Polster und neben mir keine Minze liegt. Ich hebe den Kopf, das Nachbarskind hat sich die Decke bis zur Stirn gezogen, daneben hat Minze sich ausgestreckt. Vorsichtig stehe ich auf, das Bett knarrt, Minze reißt die Augen auf, gähnt. Ich schaue auf mein Handy, acht Uhr, vielleicht haben die Nachbarskindeltern erst jetzt gemerkt, dass ihr Kind nicht mehr vor der Tür sitzt. Es klopft noch einmal, ich lehne die Schlafzimmertür an, ziehe den Wintermantel an, damit man nicht sieht, dass ich frisch aus dem Bett komme. Kurz denke ich, dass ich lügen könnte, wenn sie mich fragen, ob ich ihr Kind gesehen habe.

Ich mache die Tür auf, Hana schaut aus, als wäre es nicht acht in der Früh, sondern drei am Nachmittag, heller Blick, geflochtene Haare, wieder goldene Ohrringe, aber andere.

»Guten Morgen«, sagt sie mit Blick auf den Mantel, »gehst du gerade los?«

»Na, na, ich hab nur wen anderen erwartet.«

»Den …?«

»Ist nicht so wichtig, Hana.«

»Okay«, sagt sie. »Ich hab mir gedacht, wir könnten gemeinsam frühstücken und dann in die Arbeit gehen. Ist das in Ordnung für dich? Kann ich reinkommen?«

»Sicher, sorry.« Sie kommt herein, wir ziehen beide unsere Mäntel aus, ich schaue zur Schlafzimmertür, keine Spur von Minze oder dem Kind.

»Ist wer da?«, flüstert Hana, die auch zur Tür schaut.

»Ja, mein Nachbarskind.«

»Das schläft bei dir?«

»Ja. Also nur heute, nicht immer.«

»So als Babysitterin?«

»So ähnlich.«

»Voll lieb von dir, die Eltern freuen sich bestimmt.«

»Mh.« Ich gehe ihr voraus in die Küche, alles ist ruhig, kein Lärm im Innenhof, kein Tatütata, kein Hubschrauber, keine Baustelle, kein Geschrei in der Wand. Ich setze Wasser auf, Hana packt neben mir Weckerl aus, Marmelade, Hummus,

Gurke, Paprika, Karotten, eine Banane. Mein leerer Kühlschrank die vorigen Male muss sie ordentlich erschreckt haben.

»Besser zu viel als zu wenig«, sagt sie, als sie meinen Blick bemerkt.

»Danke.«

»Holst du dein Nachbarskind auch?«

»Ich glaub, wir lassen es einfach schlafen.«

»Okidoki.« Ich weiß nicht, ob ich einen erwachsenen Menschen kenne, ob ich überhaupt irgendwann einmal jemanden gekannt habe, der *okidoki* sagt. Der Wasserkocher klickt, Hana schiebt mich auf die Seite, schüttet Kaffee in die Kanne, dann das Wasser darauf. »Wie war es gestern?«, fragt sie, steht nahe bei mir, ich gehe einen Schritt zurück.

»Im Rösch?«

»Ja.«

»Eh normal, es ist ja alles wieder gut.«

»Sicher? So fit wirkst du nämlich nicht auf mich.«

»Ich bin grad erst aufgestanden, Hana, ich hab halt nicht deine Energie.«

»Das war kein Angriff. Ich mache mir nur Sorgen.«

»Ich komm schon zurecht, Hana.«

»Aber …«

»Wer bist du?«, unterbricht das Nachbarskind Hana. Es steht in der Küchentür, Minze sitzt daneben, ein passendes Duo.

»Ich bin Hana, eine Freundin von Connie.«

»Die Connie hat keine Freundinnen.«

»Die Hana arbeitet auch im Rösch«, sage ich schnell.

»Du schaust gar nicht so aus«, entgegnet das Kind.

»Wie schaue ich denn aus?«, fragt Hana.

»Wie eine Lehrerin.«

»Die Hana hat was zum Frühstücken mitgebracht«, sage ich.

»Okay.« Das Nachbarskind setzt sich auf die Küchenbank.

Ich gehe ins Schlafzimmer, hole aus dem Kasten den zusammengeklappten Campingsessel, der irgendwann einmal vor dem Rösch herumgestanden ist, aufgeklappt, sauber, nur ein Bein kürzer als die anderen. In der Küche hat Minze sich neben das Kind gesetzt, lässt sich von ihm kraulen. Ich klappe den Sessel auf, Hana stellt Teller auf den Tisch, wendet sich dem Kaffee zu.

»Warte«, sage ich, drehe mich zum Nachbarskind, »magst du runterdrücken?«

»Ich brauch das nicht«, antwortet es.

»Oder du bist einfach nicht stark genug«, sagt Hana grinsend.

»Ich lass mich nicht reinlegen«, erwidert das Kind.

»Gut, aber das merke ich mir«, meint Hana, zwinkert mir zu. Vielleicht war Hana nie im Gemeindebau, vielleicht kennt sie solche Kinder nicht. Vielleicht hätte ich ihr gleich sagen sollen, dass diese Kinder ein eigener Schlag Kind sind.

»Dann gib halt her«, sagt das Nachbarskind, streckt den Arm nach der Kanne aus. Hana stellt sie vorsichtig auf den Tisch, das Kind zieht sie zu sich, ungefilterter Kaffee platscht auf den Tisch, das Kind schaut mich kurz erschrocken an, stellt dann seinen Teller auf den Fleck. Es drückt den Filter hinunter, kriegt rote Wangen dabei.

»Also doch stark genug«, lächelt Hana wieder oder immer noch.

»Essen wir«, sage ich, setze mich in den Sessel, er biegt sich stärker nach links und ist tiefer, als ich mich erinnern kann. Das Nachbarskind nimmt ein Weckerl, beißt kräftig hinein.

»Du kannst auch was draufschmieren«, sagt Hana.

»Ich mag aber nix draufschmieren«, erwidert das Kind, schaut zu mir. »Bei der Connie muss ich nie was draufschmieren.«

»Bei mir gibt's auch nix.« Ich schenke allen Kaffee ein, das Nachbarskind kaut, Hana nippt am Kaffee, schaut dabei das Kind an.

»Wo wohnst du denn normalerweise?«, fragt sie. Das Nachbarskind zeigt auf die Wand.

»Direkt nebenan«, erkläre ich.

»Und was machen deine Eltern so?«, fragt Hana. Ich will, dass sie aufhört, dem Kind sinnlose Fragen zu stellen, warum lässt sie uns nicht einfach in Ruhe frühstücken.

»Die sind daheim«, antwortet das Kind.

»Verstehe«, sagt Hana.

»Fahren wir Bim?«, fragt das Nachbarskind mich, beißt herzhaft in das zweite Weckerl.

»Ich muss arbeiten, sorry«, sage ich.

»Wie, Bim fahren?«, fragt Hana.

»Egal«, antworten das Kind und ich gleichzeitig. Hana ist die Verwirrung anzusehen.

»Und weißt du schon, was du später mal werden willst?«, fragt sie. Das Nachbarskind legt den Kopf schief, trinkt einen Schluck Kaffee, setzt das Häferl betont langsam ab, Theatralik am frühen Sonntagmorgen.

»Nein.«

»Ich wollte in deinem Alter Astronautin werden«, sagt Hana, »oder Bundespräsidentin.«

»Wieso?«

»Weil meine Eltern immer gesagt haben, dass man es in Österreich weit bringen kann, wenn man sich anstrengt.«

»Also hast du dich nicht angestrengt?«

»Wieso?«

»Weil du jetzt Küchenhilfe bist«, antwortet das Nachbarskind. »Und die Connie sagt, man muss nix können, damit man eine Küchenhilfe wird. Nur schnell sein und den Mund halten.«

»Das würde ich nicht so sagen«, Hana schaut mich verwundert an.

»Was muss man denn noch können, deiner Meinung nach?«, frage ich, meine Stimme klingt zu hoch, zu schnippisch.

»Man muss hart arbeiten können«, sagt Hana mehr zu mir als zum Kind, »und viel aushalten können. Außerdem muss man gut mit anderen arbeiten können und den Überblick behalten können, auch, wenn es hektisch wird. Und man darf nicht eitel sein.«

»Du glaubst, der Sinan ist nicht eitel?«, entgegne ich.

»Wer ist der Sinan?«, fragt das Kind.

»Auch ein Kollege«, antworte ich, »ein eingebildeter, aber eigentlich ein lieber.« Das Nachbarskind trinkt Kaffee in großen Schlucken, Hana schaut es ungläubig an.

»Was ist?«, fragt das Kind.

»Nichts, nur der Kaffee ...«, sagt sie, schaut zu mir, ich zucke mit den Schultern. Das Nachbarskind schenkt sich nach, ich lehne mich in den Sessel zurück, er gibt knirschend nach, ich lehne mich wieder nach vorne.

»Willst du Sessel tauschen?«, fragt Hana.

»Na, geht schon. Ich sitz immer auf dem«, lüge ich.

»Gar nicht«, sagt das Nachbarskind, wischt sich mit dem Handrücken über den Mund, steht auf, schiebt Minze von der Bank, sie wehrt sich nicht. Der Kinderkopf ist auf meiner Augenhöhe, die Augen dunkler als sonst, das Gesicht schmaler. Kurz überlege ich, zu fragen, ob es nicht einfach bleiben mag, ob es einen Schlüssel haben will, damit es nicht drüben sein muss, damit es immer auf meiner Seite der Wand sein kann, wenn es will. Aber wie immer ist das Kind schneller, hat sich weggedreht, ist schon bei der Wohnungstür.

»Bis bald«, rufe ich.

»Hat mich gefreut«, ruft Hana. Das Kind sagt nichts.

Frau Laslo und Frau Zukić stehen vor der Stiegentür, keine raucht, es ist Sonntag, beide sind gläubige Frauen. Sie hören auf zu reden, schauen Hana an, ich schaue auch, sie passt nicht her mit den schönen geflochtenen Haaren, den feingliedrigen Ohrringen.

»Grüß Gott«, sagt Frau Laslo.

»Guten Morgen«, sagt Hana, lächelt zuversichtlich, als wären wir auf dem Weg in den Prater statt in die Arbeit.

»Zu wem gehören Sie?«, fragt Frau Laslo.

»Bitte?«, fragt Hana.

»Sie arbeitet auch im Rösch, sie hat mich nur abgeholt«, erkläre ich.

»Nett«, meint Frau Zukić, verzieht aber keine Miene dabei.

»Der Rudi grüßt dich«, sagt Frau Laslo zu mir.

»Danke, Grüße zurück«, antworte ich, nicke ihnen zu. »Wir müssen gehen, sonst schimpft die Berta.«

»Grüßt sie lieb, die Berta«, sagt Frau Zukić, »und sagst ihr, sie soll nicht nur Schnitzel nehmen fürs Sonderangebot, ich brauch wieder einmal einen Fisch.«

»Wir haben doch immer Fisch, oder?«, fragt Hana. Frau Zukić schüttelt den Kopf, murmelt etwas Unverständliches.

»Bis später«, sage ich, hebe die Hand, Frau Laslo und Frau Zukić nicken mir zu, wir gehen.

»Was war das denn gerade?«, fragt Hana auf halbem Weg durch den Innenhof.

»Du hast ihr vorgeworfen, dass sie geizig ist, das war gerade.«

»Wieso? Ich …«

»Die kennen sich seit zwanzig Jahren oder länger, die Frau Zukić und die Berta. Die weiß schon, dass es jeden Tag Fisch gibt. Aber es geht ums Mittagsangebot, sonst ist er so teuer, der blöde Fisch. Deswegen hat sie das gesagt.«

»Oh«, sagt Hana, dann nichts mehr. Wir gehen schweigend durch das Tor auf die Straße, ein grauer Sonntag im März.

Seitlich schaue ich zu Hana, sie schaut niedergeschlagen aus, nicht mehr so fröhlich wie vorhin.

»Brauchst dir keine Sorgen machen«, sage ich, »die Frau Zukić hat schon schlimmere Sachen gehört.«

»Tut mir trotzdem leid«, meint Hana, »nächstes Mal entschuldige ich mich. Vielleicht gleich auf Bosnisch.«

»Mh.«

»Hältst du das nicht für eine gute Idee?«, fragt sie. Ich zucke mit den Schultern. Woher soll ich wissen, was Frau Zukić von Bosnierinnen hält, ich weiß nur, was sie von Muslimen hält. »Und dein Nachbarskind?«, fragt Hana.

»Was ist mit dem?«

»Das ist schon ein spezielles Kind, oder?«

»Alle Kinder sind speziell.«

»Ist es oft bei dir?«

»Ab und zu halt.«

»Ist alles in Ordnung bei der Familie?«

»Weiß ich nicht, Hana. Das geht mich nix an.« Überrascht schaut sie mich an.

»Dieses Kind ist dir derart wichtig, aber es geht dich nichts an, ob bei der Familie alles gut ist?«

»Es ist einfach nur ein Nachbarskind, nicht mein Kind, Hana. Die haben ihr Leben, ich hab meins.«

»Wenn du das sagst.« Sie sagt nichts mehr. Jedes Mal, wenn ich das Rösch sehe, lese ich jetzt *Rose*. Kurz überlege ich, Hana davon zu erzählen, aber sicher fragt sie dann, wieso ich das Kind überhaupt ins Rösch mitgenommen habe.

»Hältst du wirklich so wenig von dir?«, fragt Hana, bevor wir die Straße überqueren.

»Was?«

»Du hast dem Kind erzählt, dass man nichts können muss, um in einer Küche zu arbeiten. Glaubst du das wirklich?«

»Weiß ich nicht. Ja, vielleicht schon.«

»Mh. Ich halte jedenfalls sehr viel von dir«, sagt sie.

»Okay«, antworte ich, schaue sie an, merke die Hitze in meinem Gesicht. »Danke«, füge ich hinzu, räuspere mich, überlege, ob ich ihr sagen soll, dass sie sich keine Sorgen machen muss, dass wir einfach unterschiedliche Leben haben, dass ich eigentlich wirklich gerne im Rösch arbeite, dass es die Miete zahlt, dass man nicht glücklich wird, wenn man immer mehr und mehr vom Leben haben will, dass es vielleicht auch einfach okay ist, wenn man ein normales Leben lebt, dass …

»Dein Handy«, sagt Hana, wir bleiben stehen. Es sind nur noch ein paar Meter bis zum Rösch, ich hole das läutende Handy aus der Manteltasche, hebe nur ab, weil ich gleich wieder auflegen kann.

»Constanze?«

»Ja, Mama, ich bin's. Was gibt's?«

»Du hast eh noch den zweiten Schlüssel, oder? Zu meiner Wohnung?«

»Hast dich wieder ausgesperrt?«

»Na, aber du musst herkommen und die Orchideen gießen, ich muss fort.«

»Wie, fort?«

»Raus ins Burgenland oder nach Ungarn, weißt eh, mit dem Gustl, nur für ein paar Tage, aber die Orchideen …«

»Ich bin aber schon voll eingespannt, Mama.«

»Gehst einfach jeden zweiten Tag, das reicht eh.«

»Na, Mama, ich bin nicht …«

»Danke, Kind, ich muss jetzt auflegen, Bussi baba«, ruft sie, dann legt sie auf.

»Deine Mama?«, fragt Hana.

»Ja.«

»Ist alles in Ordnung?«

»Ja.«

»Und was …?«

»Komm, Hana, wir müssen rein, wir sind eh schon spät dran.«

Der Tag vergeht schnell. Ein guter Tag, an dem nichts schiefgeht, an dem wir in Ruhe Mittagspause machen können. Andi geht mit Berta irgendwelche Rechnungen durch, während Sinan, Janosz, Hana und ich vor der Teigmaschine stehen. Janosz, Sinan und ich essen Gulasch, Hana isst Topfenknödel. Sinan schaut auf ihren Teller, dann zu mir, trifft meinen Blick, ich schüttle den Kopf. Er grinst, sagt nichts, obwohl ihm sicher irgendein dummer Kommentar zu Essen ohne Fleisch auf der Zunge liegt. Hana scheint nichts zu bemerken. Am Abend geht sie früher heim, weil wenig los ist, nimmt zwei Gurken und einen ganzen Sack Salat mit. Ich putze in Ruhe alleine die Küche, keine Seele außer mir ist noch da. Erst auf dem Heimweg fällt mir Mama ein. Vielleicht lasse ich es einfach bleiben, vielleicht lernt sie dann, dass ich nicht ihr Depp vom Dienst bin. Vielleicht bleibe ich morgen einfach den ganzen Tag im Bett oder fahre Bim mit dem Kind.

In der Nacht träume ich, dass Minze aus dem Fenster springt, dass sie fliegen kann wie ein Vogel. Sie fliegt über den Innenhof Richtung Spital, ich winke ihr zu. Neben mir steht die Nachbarskindmutter ohne Kopftuch, aber mit Haarnetz, sie winkt auch. Wir schauen Minze zu, wie sie davonfliegt, dann fragt mich die Nachbarskindmutter, wieso es im Rösch nur Schweinefleisch gibt, was das für eine kurzfristige Strategie ist, die Berta damit fährt. Sie fragt, wann ich endlich das Rösch übernehme. Ich weiß nicht, was ich sagen soll, will auch aus dem Fenster springen, aber passe nicht durch das Fliegengitter.

In der Früh läutet es, das Kind oder Hana oder Frau Laslo, ich kann nichts mehr vorhersagen. Ich stehe auf, Minze blinzelt verschlafen neben mir, vor der Tür steht das Nachbarskind in voller Montur.

»Fahren wir Bim?«, fragt es.

»Ich weiß nicht.«

»Wieso?«

»Ich bin grad erst aufgestanden, ich hab nicht so gut geschlafen.«

»Wir können ja in die andere Richtung fahren.«

»Mh. Wie spät ist es überhaupt?« Das Kind zuckt mit den Schultern.

»Montag ist's.« Jetzt erst sehe ich, dass es einen Rucksack trägt.

»Gehst du in die Schule?«

»Ich mag lieber Bim fahren.«

»Aber ich mag mich noch niederlegen, heut ist mein freier Tag.« Auf einen Schlag fällt mir Mama ein. »Ich kann dich aber nach der Schule abholen, dann fahren wir zu ein paar Pflanzen«, sage ich.

»Was für Pflanzen?«

»Das wirst dann eh sehen, wenn du mitkommst.«

»Okay.«

»Wo ist deine Schule?«

»Gleich ums Eck.«

»Die am Allerheiligenplatz.«

»Ja.«

»Und wann ist Schluss?«

»Um drei oder so.«

»Dann bis um drei.«

Die Volksschule war noch nie schön, aber je länger ich vor ihr stehe, desto trister schaut sie aus. Gitter in manchen Fenstern, vergilbte Papierkäfer in anderen. Um drei kommt ein Schwung Kinder heraus, ein paar Eltern warten, zwei Kinder steigen in Autos, das Nachbarskind ist nicht dabei. Ich gehe auf die andere Straßenseite, zünde mir einen Tschick an. Irgendwann kommt das Nachbarskind heraus, ich hebe die Hand, es schlurft zu mir.

»Was für Pflanzen?«, fragt es.

»Was?«

»Zu was für Pflanzen fahren wir?«

»Ach so. Wir fahren zur Wohnung von meiner Mama, die hat einen Haufen Pflanzen.«

»Okay.« Wir fahren U6, setzen uns gegenüber in einen Vierersitz, das Kind schaut aus dem Fenster. Irgendwann setzt sich ein Sandler zu uns, das Nachbarskind schaut weiter aus dem Fenster. Am Westbahnhof steigt der Sandler wieder aus, das Kind scheint es nicht einmal mitzukriegen. Kurz vor Meidling stupse ich es mit meinem Fuß am Schienbein an, es schaut mich an, als wäre es gerade erst aufgewacht, fahriger Blick, langsames Blinzeln.

»Da müssen wir raus«, sage ich. Das Kind steht auf, geht wie ein Zombie zur Tür. »Alles okay bei dir?«, frage ich draußen.

»Die Schule hat gesagt, ich hab keinen Titel«, antwortet es.

»Was?«

»Weiß ich nicht.«

»Haben sie dir einen Brief gegeben? Oder was aufgeschrieben?« Das Nachbarskind nimmt den Rucksack vom Rücken, kramt darin, holt einen schief gefalteten Zettel heraus. Ich überfliege ihn, die Schule will einen Aufenthaltstitel sehen, weil Leistungen von der Stadt Wien bezogen werden, Essenszuschuss, Materialzuschuss. Der alte Aufenthaltstitel ist im November abgelaufen und bevor der neue nicht vorgelegt wird, gibt es keine Leistungen.

»Ist das schlimm?«, fragt das Kind ungewohnt leise.

»Gut ist es glaub ich nicht«, sage ich. Das Kind schaut mich traurig an, ich weiß nicht, was ich machen soll, schaue noch einmal auf den Zettel. »Da steht was von einer MA 35, die dafür zuständig ist. Seid ihr da schon gewesen?«

»Ja, aber die haben uns weggeschickt.«

»Wann?«

»Weiß ich nicht.«

»Ich kann da mit dir hingehen«, sage ich, »also, wenn deine Eltern …«

»Ja, bitte«, unterbricht mich das Nachbarskind, nimmt mir den Zettel aus der Hand, packt ihn schnell ein, geht Richtung Rolltreppe. Ich gehe mit, was habe ich mir da eingebrockt, ich kenne diese Familie doch gar nicht wirklich.

Seit Monaten war ich nicht in Mamas Wohnung, wie immer hat sie alles umgestellt, nur die Orchideen sind noch da. Mama sagt, es ist wichtig, dass man sich regelmäßig neu erfindet, dass man seiner inneren Stimme folgt, dass man sich sein Nest so bauen muss, dass es zum Leben passt. Früher, noch im Zwanzigsten, bevor ich ausgezogen bin, hat sie das auch schon gemacht, aber mit weniger Elan. Jetzt hängen in ihrer Wohnung bunte dicke Decken an der Wand, es riecht nach Patschuli und Moder, sicher hat sie die Decken vom Flohmarkt oder von irgendeiner Nachbarin, die gestorben ist.

»Schirch«, sagt das Kind, mit Blick auf eine dunkelgrüne Decke, die mit tanzenden Elefanten bestickt ist.

»Ja, schon.«

»Und jetzt?«

»Jetzt gießen wir die Pflanzen.«

»Und dann gehen wir wieder?«

»Ja.« Das Nachbarskind marschiert geradeaus ins Wohnzimmer, ohne die Schuhe auszuziehen. Ich gehe hinterher, mache alle Fenster auf, damit sich der Gestank verflüchtigt. Das Kind schaut eine Reihe Fotos an der Wand an, die ich nicht kenne.

»Bist du das?«, fragt es. Ich gehe näher hin.

»Na, ich glaub nicht. Ich war ganz blond.«

»Bist du das da?«, fragt es, zeigt auf das nächste Bild.

»Ja, das bin ich, im Böhmischen Prater.«

»Und der Mann?«

»Das ist mein Papa.«

»Wohnt der auch da?«

»Na.«

»Wo wohnt der?«

»Weiß ich nicht, der ist schon ganz lang fort. Den braucht kein Mensch.«

»Und wer ist das?«, fragt das Kind, zeigt auf ein Foto in einem kitschigen goldenen Rahmen.

»Das weiß ich auch nicht. Die Mama und irgendein Haberer. Komm, wir gießen die Pflanzen, dann können wir gehen. Sogar zum Mäcci, wenn du magst.«

»Echt?«

»Echt.«

»Wo ist die Gießkanne?«

»Die gibt's nicht. Orchideen muss man baden.«

»Was?«

»Wir füllen die Badewanne an, dann setzen wir die Orchideen rein, dann warten wir.«

»Wieso?«

»Weiß ich auch nicht. Aber anscheinend sterben sie sonst.« Ich gehe ins Bad, Mama hat die Fliesen mit Schnörkeln angemalt, dunkelgrün, orange, braun, wie fescher Schimmel schaut es aus. Ich lasse Wasser in die Badewanne ein, das Nachbarskind steht neben mir, schaut mir schweigend zu.

»Du kannst ruhig schon ein paar Pflanzen holen«, sage ich.

»Ich mag aber nicht allein.«

»Okay, dann schau du einfach, dass das Wasser nicht zu hoch wird, und ich hol derweil die Pflanzen.« Das Kind nickt gewissenhaft, ich hole eine Orchidee nach der anderen, stelle sie direkt vor das Badezimmer, weiß, lila-weiß, rosa, mehr als zwanzig, wann sind es so viele geworden, wieso überleben sie Mamas Eskapaden alle so gut. Das Nachbarskind schaut immer noch dem Wasser zu, es ist schon viel zu viel in der Wanne, ich lasse wieder etwas heraus. Das Kind sagt nichts. Ich zeige ihm, wie man die Orchideen aus dem Übertopf nimmt und ins Wasser stellt, ohne dass sie umfallen. Dann gebe ich ihm Topf für Topf, es dauert ewig, aber irgendwann stehen alle Pflanzen nebeneinander in der Badewanne, wie in einer Werbung schaut es aus.

»Schön, oder?«, sage ich in die Stille.

»Wie lang müssen die da jetzt drinnen sein?«, fragt das Kind.

»Eine Viertelstunde oder so.«

»Ich bin müde.«

»Du kannst dich rüber ins Bett legen, wenn du magst.«

»Machst du das auch?«

»Mich ins Bett legen?«

»Ja.«

»Wenn du magst.«

»Ja.« Das Nachbarskind geht voraus, ich werfe noch einen Blick auf die Pflanzenwanne, dann gehe ich hinterher. Wo auch immer Mama hin ist, sie hat offensichtlich keine Zeit gehabt, um zusammenzuräumen. Polster und Tuchent liegen auf einem Haufen, neben dem Bett steckt ein abgebranntes Räucherstäbchen in einer Schüssel mit Sand, in der auch ein paar Tschick liegen. Eine Kronen Zeitung vom Jänner liegt aufgeschlagen daneben, mit einem dunklen Stift hat irgendwer fett ein Fragezeichen neben Nummer sieben im Kreuzworträtsel gemalt. Das Kind lässt sich einfach aufs Bett fallen, mit dem Gesicht direkt in den Polster-Tuchent-Haufen. Ich setze mich auf die Kante, lehne mich zurück, bis ich auch mit dem Rücken auf der Matratze liege.

Mama hat ein blaues Tuch an die Zimmerdecke montiert, vielleicht will sie, dass es wie der Himmel ausschaut. Ich kneife die Augen ein wenig zusammen, stelle mir vor, dass es Sommer ist, eine Nacht im Sommer. Das Nachbarskind neben mir dreht sich um, schaut auch nach oben.

»Wie das Meer«, sagt es.

»Von unten, oder wie?«

»Ja, wie das Meer von unten.«

»Mh.« Wieder kneife ich die Augen einen Spalt weit zusammen. Wer weiß, was Mama sich gedacht hat, Meer oder Himmel oder gar nichts.

»Hat deine Mama dich lieb?«, fragt das Kind.

»Ich glaub schon. Wieso?«

»Nur so.«

»Und deine?«

»Wer?«

»Ob deine Mama dich lieb hat«, sage ich.

»Ich glaub nicht.«

»Wieso nicht?« Ich schaue zum Nachbarskind hinüber, es schaut weiter nach oben.

»Nur so.«

»Hat sie das gesagt?«

»Nein.«

»Wieso glaubst du das dann?«

»Egal.«

»Mh.«

»Kannst du was singen?«, fragt das Kind.

»Ich kann nicht singen.«

»Alle Frauen können singen.«

»Ich nicht. Du kannst ja was singen.«

»Nein.«

»Ich kann Musik einschalten.«

»Okay.« Ich ziehe das Handy aus der Hosentasche, drücke auf die zufällige Wiedergabe. Michael Jackson singt *Bad*. Wir liegen da, hören Lied um Lied, es riecht immer weniger nach Patschuli, immer mehr nach Mama, Michael Jackson singt *They Don't Care About Us*, ich schaue hinüber, das Nachbarskind schaut weiter an die Decke, Michael Jackson singt *Billie Jean*, dann geht mitten im Lied der Akku aus.

Die Nachbarskindmutter ist viel kleiner, als ich sie in Erinnerung habe. Sie steht vor meiner Tür, ohne Kind, ohne Nachbarskindvater. Sie schaut ernst, hält mir einen Zettel hin. Ihre Hände sind viel kleiner als meine, aber genauso rissig. Vielleicht ist das normal, wenn man schwanger ist, vielleicht geht das ganze Wasser in den Bauch oder in die Füße. Ich lese den Zettel, das MA-35-Logo prangt neben dem Stadt-Wien-Logo, ein Satz ist gelb markiert, ein anderer mit Kugelschreiber durchgestrichen. Ich lese den Brief einmal, zweimal, verstehe immer noch nichts.

»Ich weiß nicht, ob ich Ihnen da wirklich helfen kann«, sage ich.

»Aha«, antwortet sie, schaut weiter so ernst wie ihr Kind. Ihr Bauch steht riesig nach vorne, sie tippt auf den gelb markierten Absatz, wo groß LADUNG ZUR PERSÖNLICHEN VORSPRACHE steht. Morgen um acht Uhr zehn sollen sie kommen.

»Wir können morgen gemeinsam hingehen, wenn Sie wollen«, biete ich an. Sie nickt, schaut mich so forsch an, als hätte ich Katzenfutter in den Haaren.

»Danke«, antwortet sie, »wir kommen um sieben.« Ihr Akzent ist kein schwerer, keiner, der alle Worte an sich reißt. Er ist fein, kaum zu hören. Sie nickt noch einmal, dann geht sie zurück zu Tür siebenunddreißig. Vorsichtig mache ich die Wohnungstür zu. Nichts passt zusammen, ist das die gleiche Frau, die in der Nacht durch die Wand schreit, die gleiche Frau, die ihr Kind am Gang schlafen lässt. Ich setze mich an den Küchentisch, draußen ist es schon dunkel, ich hole das Handy heraus, wähle.

»Was gibt's?«, geht Berta ans Telefon.

»Ich bin's, Berta. Die Connie.«

»Ist was passiert? Ist was mit der Sylvia?«

»Na, na, es ist nix passiert. Ich wollt dir nur sagen, dass ich morgen vielleicht später komm. Ich hab noch einen Termin um acht in der Früh.«

»Was ist das für ein Termin?«

»Eh nix Schlimmes, ich muss nur zum Amt.«

»Passt, bis morgen. Und grüß mir die Sylvia, gell.«

»Mach ich, Berta, bis morgen.« Ich schaue aus dem Fenster, gegenüber geht ein Licht an, eines aus, dann geht das zweite auch aus. Ich schreibe Janosz eine Nachricht, dass ich morgen vielleicht später komme, lege das Handy auf den Tisch, denke an die Orchideenbadewanne. Wieder nehme ich das Handy in die Hand, tippe eine Nachricht an Hana, lösche einen Teil, dann alles.

ZEHN

Die Nachbarskindfamilie schaut aus, als würde sie mich zu einem Begräbnis abholen. Alle tragen Schwarz, sogar das Kopftuch der Nachbarskindmutter ist schwarz. Nur das Kind hat grüne Gummistiefel an, wahrscheinlich weil es schüttet wie aus Kübeln.

»Hey«, sage ich.

»Hallo«, antwortet das Kind.

»Gehen wir«, sagt der Vater. Ich nicke, sperre die Wohnungstür zu, meine Hand zittert. Die Nachbarskindeltern gehen voraus, das Kind und ich hinterher. Wir gehen langsam, ein Mann überholt uns im zweiten Stock, grüßt murmelnd, die Familie sagt nichts, ich auch nicht. Draußen spannen wir Schirme auf, der Nachbarskindvater zieht das Kind am Jackenärmel zu sich unter seinen Schirm. Eine Nacht Regen hat gereicht, um die Innenhofwiese in Gatsch zu verwandeln.

Wir gehen zu Fuß zur MA35, am UKH vorbei, die Pasettistraße entlang, die Traisengasse, dann biegen wir in die Dresdner Straße ab. Die MA35 ist in einem riesigen Bürogebäude untergebracht, *Fachbereich Einwanderung und Aufenthalt,* steht auf einem Schild, daneben geht eine Glastür auf. Wir sind eine Dreiviertelstunde zu früh dran, trotzdem steht schon eine Schlange vor einer zweiten Glastür, eine Frau mit Zwillingen im Kinderwagen, zwei Frauen mit Kopftüchern, dazwischen unscheinbare ältere Männer, ein junger Mann mit Anzug und Aktentasche.

Die Nachbarskindeltern stellen sich hinter den jungen Mann, daneben das Kind, daneben ich. Wir ragen aus der Schlange heraus, was soll ich hier überhaupt, ich könnte noch schlafen, ich kann ihnen sowieso nicht helfen. Der Mann im Anzug fängt an, laut zu telefonieren, reckt den Kopf, durch die Glastür kommt ein elegantes Paar, der Anzugmann hebt die Hand, das Paar stellt sich direkt zu ihm. Keine Aufregung in den Gesichtern der Nachbarskindfamilie, der Vater schaut ernst, die Mutter müde, das Kind gelangweilt drein. Sogar unter der dicken Jacke der Nachbarskindmutter verschwindet ihr Bauch nicht, sondern ragt heraus, als würde sie gleich umkippen.

Niemand redet außer dem Anzugmann und dem Paar, wie Russisch oder etwas Ähnliches hört es sich an. Auf einmal läutet mein Handy in der Jackentasche, der Klingelton viel zu laut, alle schauen mich an, ich krame es heraus, seit wann ist es so laut eingestellt. *Hana* steht auf dem Display, ich drücke sie weg.

»Wer war das?«, fragt das Kind.

»Nur die Hana.«

»Kommt sie auch her?«

»Pst«, zischt der Nachbarskindvater. Das Kind schaut mich fragend an, ich schüttle den Kopf. Es zuckt mit den Schultern, als wäre sowieso schon alles egal.

Irgendwann geht die Glastür auf, hinter uns hat sich mittlerweile eine lange Schlange gebildet, sicher dreißig Leute. Die Schlange bewegt sich, wir kommen zu einem Nummerngerät, der Nachbarskindvater drückt, nichts passiert, er drückt noch einmal, das Gerät spuckt zwei Nummern auf einmal aus. Wieder ein Warteraum, aber dieses Mal mit Sesseln, wir setzen uns, ganz links der Vater, dann die Mutter, dann das Kind, dann ich, alle mit Blick auf eine Glasscheibe und einen Bildschirm, der groß die Uhrzeit anzeigt.

Die Frau mit dem Zwillingskinderwagen setzt sich neben mich, ein Sessel Abstand, zieht die Jacke aus, dann den Pullover, hebt eines der Kinder aus dem Wagen, stillt es. Das andere Kind fängt leise an zu weinen, die Frau seufzt, steht mit dem Kind an der Brust auf, hebt das andere heraus. Es schaut so aus, als würde ihr gleich zumindest eines der Kinder hinunterfallen.

»Ich helfe Ihnen«, sagt die Nachbarskindmutter, die auf einmal vor mir steht, um der Frau das weinende Kind abzunehmen. Die Frau lächelt die Nachbarskindmutter an, atmet zitternd aus. Niemand redet, ich weiß nicht, wo ich hinschauen soll, zur Nachbarskindmutter vor mir oder zu dem winzigen Baby an der Brust neben mir. Der Warteraum füllt sich, alle Sessel sind besetzt, noch nie habe ich so viele Leute auf einem Haufen um kurz vor acht gesehen. Die Frau mit den Zwillingen legt das eine Kind zurück, nimmt der Nachbarskindmutter das andere ab, setzt sich wieder, stillt weiter. Die Nachbarskindmutter setzt sich zurück an ihren Platz.

Als die Uhr auf der digitalen Anzeige auf acht Uhr springt, werden die Leute im Warteraum unruhig. Hinter einer Glasscheibe setzen sich zwei Frauen an Computer, ein Mann aus der wartenden Menge geht zu einer von ihnen hin, hält ein Papier an die Glasscheibe, die Frau dahinter sagt irgendetwas, ohne überhaupt aufzuschauen, der Mann redet lauter, die Frau schaut auf, schüttelt den Kopf, schaut dann wieder zurück zum Bildschirm.

Um acht Uhr fünf erscheint die erste Nummer auf dem Bildschirm; ein Paar steht auf, geht zur Glasscheibe, die Frau legt einen Ordner auf die hohe Ablage, stellt sich auf die Zehenspitzen, Stück für Stück hält sie Papier um Papier an die Scheibe. Die Glasscheibe füllt sich mit Fingerabdrücken, der Mann fährt sich mehrmals nervös durch die Haare. Eine zweite Nummer erscheint, der Warteraum füllt sich weiter. Ich schaue seitlich zur Nachbarskindfamilie, der Vater starrt auf sein Handy, die Mutter auf den Bildschirm mit der Uhrzeit, das Kind hat die Augen zugemacht.

Irgendwann kommt Nummer neun, die Frau mit den Zwillingen hastet zur Glasscheibe, eines der Kinder fängt an zu weinen, leise, kläglich, die Frau schaut vom Kinderwagen zur Glasscheibe, zeigt ein Papier her, das Kind weint lauter, ein anderes Kind links hinter uns stimmt ins Weinen ein, warum gibt es hier so wenig Platz. Die Frau mit den Zwillingen kriegt einen kleinen Zettel, schiebt den Wagen durch den Warteraum zu einer nächsten Glastür, verschwindet ums Eck.

Nummer siebzehn erscheint um acht Uhr dreiundvierzig, die Nachbarskindmutter steht auf, geht mit großen Schritten zur Glasscheibe, erstaunlich schnell dafür, wie riesig ihr Bauch ist, wie klein sie ist. Wir gehen ihr nach.

»Nummer siebzehn«, sagt die Frau hinter der Glasscheibe, wir alle nicken, der Vater hält auch Nummer achtzehn in die Luft, die Frau atmet genervt aus. »Achtzehn ist auch bei mir«, ruft sie den anderen hinter den Computern zu. Ich will mich entschuldigen, obwohl wir gar nichts falsch gemacht haben. »Dokumente«, sagt die Frau dann an uns gerichtet. Der Nachbarskindvater hält ein Papier an die Glasscheibe, die Frau murmelt irgendetwas von Abteilung vier, oder vielleicht auch etwas ganz anderes, durch die paar kleinen Löcher in der Glasscheibe versteht man sie kaum. Ich schaue hinunter zum Kind, das auf Zehenspitzen steht, den Kopf gereckt, es ist trotzdem zu klein, um die Frau hinter der Scheibe zu sehen. Die Frau schiebt einen kleinen Zettel durch den dünnen Schlitz in der Glasscheibe, eine Nummer darauf. »Achter Stock, Abteilung 4A«, sagt sie.

»Danke«, sagen der Nachbarskindvater, die Nachbarskindmutter und ich gleichzeitig. Wir setzen uns in Bewegung, die

Familie weiß wohin, ich kann nur hintennach, nutzloser als das Nummerngerät im Vorraum. Wir gehen durch einen Gang zu einem Lift, der viel zu klein für so eine große Behörde ist, zu viert passen wir gerade so hinein. Im dritten Stock bleibt der Lift stehen, eine unscheinbare Frau mit einem Schiebewagen voller rosa Ordner schaut uns an, sagt nichts, bleibt einfach stehen, die Lifttür geht wieder zu, der Lift fährt bis in den achten Stock. Wir steigen aus, gehen einen Gang entlang, folgen dem Schild, auf dem 4A steht. Es riecht nach Rauch und diesen Raumsprayflaschen am Klo, die nach Zitrone oder Meer riechen sollen, aber alles nur schlimmer machen.

Wieder ein Warteraum, wir setzen uns in die erste Reihe, wieder mit Blick auf einen Bildschirm, der leicht flackert. Hinter uns sitzt ein Mann, der vorher auch schon in der Schlange gestanden ist. Ich schaue aufs Handy, gleich neun. Gut, dass ich Berta Bescheid gesagt habe.

»Es dauert noch lange«, sagt die Nachbarskindmutter, die meinen Blick aufs Handy gesehen haben muss.

»Kein Problem.«

»Musst du gar nicht arbeiten?«, fragt das Kind.

»Ich hab eh Bescheid gesagt.«

»Wissen Sie viel über MA 35?«, fragt die Mutter mich.

»Nein, bisher nicht.«

»Aha.« Sie zieht die Augenbrauen hinauf, schaut weg von mir, wieder hin zum Bildschirm, verschränkt die Arme über dem Bauch.

»Soll ich ein Wasser holen?«, frage ich, um irgendetwas zu sagen.

»Cola«, antwortet das Nachbarskind. Die Nachbarskindmutter sagt schnell etwas zu ihm, in einer anderen Sprache, die Stimme tiefer als auf Deutsch. Das Kind schweigt.

»Nein, danke«, sagt die Nachbarskindmutter zu mir, schaut mich wieder so ernst an wie gestern, ich versuche, dem Blick standzuhalten, ohne Erfolg. Wieder hole ich mein Handy heraus, Hana hat mir zwei Nachrichten geschrieben, ich wische sie weg, ohne sie zu lesen.

»Kommt die Hana auch her?«, fragt das Kind noch einmal.

»Na, sie muss ja arbeiten.«

»Sie soll auch herkommen.«

»Wieso willst du, dass sie herkommt?«

»Pst«, zischt der Nachbarskindvater wieder, dann sagt er noch etwas zum Kind, das ich nicht verstehe.

Nummer 4A1 erscheint auf dem Bildschirm, der Mann hinter uns steht auf, geht in ein Zimmer, dann passiert lange wieder nichts. Meine Füße jucken, ich klopfe so leise wie möglich die Schuhe aneinander, wer weiß, wie lange das noch alles geht. Ich lese Hanas Nachrichten, sie fragt, warum ich nicht daheim bin, warum ich nicht aufsperre. *Bin unterwegs, sorry,* antworte ich. Sie schickt ein Fragezeichen zurück. Ich antworte: *Bin in der MA35, komme später.* Sie schreibt: *Mein Beileid. Bis nachher.* Ich stecke das Handy wieder ein, das Kind schaut mich aufmerksam an, sagt aber nichts.

Der Mann mit 4A1 kommt wieder zurück in den Warteraum, auf dem Bildschirm erscheint die Nummer 4A2. Die Nachbarskindeltern stehen gleichzeitig auf, das Kind und ich verzögert, Zimmer 713, steht auf dem Bildschirm, die Eltern gehen zielstrebig nach links, der Vater klopft an eine Tür.

»Herein«, ruft eine Stimme von drinnen, wir treten ein, der Vater, die Mutter, das Kind, dann ich. Zwei Frauen sitzen in dem kleinen Raum, auch hier riecht es nach Rauch und Raumspray, die eine Frau schaut auf ihren Computer, die andere zeigt auf zwei Sessel, schaut von den Eltern zu mir.

»Und wer sind Sie?«, fragt sie.

»Ich bin die Nachbarin«, antworte ich. Die Nachbarskindeltern setzen sich auf die Sessel.

»Sind Sie Anwältin?«, fragt die Frau, ihre Nägel sind lila und lang, ihre Augen stark geschminkt.

»Nein, ich bin nur die Nachbarin.«

»Und warum sind Sie da?«

»Weil meine Nachbarn einen Brief gekriegt haben.«

»Zeigen S' her.« Die Nachbarskindmutter zieht den Brief heraus, schiebt ihn über den Tisch. Die Frau liest, schaut zu mir. »Passt«, sagt sie, wischt mit der Maus herum, tippt etwas ein, die Nägel klackern auf der Tastatur, sie steht auf, geht Richtung Fenster zum Drucker, der Drucker rattert, sie nimmt zwei Zettel heraus, setzt sich wieder hin, tackert die Zettel, schiebt sie herüber, schaut nur mich an. »Einmal unterschreiben bitte.«

»Wer, ich?«, frage ich.

»Nein, der Antragsteller.«

»Das Kind?«

»Nein, der gesetzliche Vertreter.« Der Nachbarskindvater räuspert sich, zieht den Zettel zu sich, liest.

»Was bedeutet?« Er zeigt auf einen fett gedruckten Absatz.

»Dass Sie die Nachreichfrist nicht eingehalten haben«, sagt die Frau, schaut wieder nur mich dabei an.

»Die Frist für was?«, frage ich.

»Für die Dokumente aus der Unterlagenanforderung.«

»Was meinen Sie damit?«, frage ich. »Welche Anforderung?«

»Hören S', draußen warten schon sieben andere Leute«, sagt die Frau, wischt über den Tisch, als hätten wir ihn mit den paar Worten dreckig gemacht. »Warum sind Sie da, wenn Sie sich gar nicht auskennen?«

»Ich glaube, es gibt ein Missverständnis«, sagt die Nachbarskindmutter ruhig, langsam.

»Was für eines?«, fragt die Frau hinter dem Tisch, jetzt schaut sie endlich nicht mehr mich an, sondern die Nachbarskindmutter. Ein Schweißtropfen rinnt mir die linke Achsel herunter.

»Wir haben keinen Brief bekommen«, sagt die Nachbarskindmutter.

»Sicher haben Sie einen Brief bekommen.« Die Frau klickt herum, tippt etwas ein. »Wir haben ihn am siebten Februar verschickt.«

»Nein«, entgegnet der Nachbarskindvater, »kein Brief.« Ich schaue seitlich zum Nachbarskind, es starrt mich an, große Augen, irgendetwas muss ich tun.

»Bei uns geht ständig die Post verloren«, sage ich, räuspere mich. »Da können meine Nachbarn nichts dafür.«

»Und warum haben Sie das nicht gemeldet?«, fragt die Frau, lehnt sich in ihren Bürosessel zurück.

»Wie soll man was melden, von dem man gar nichts weiß?«, frage ich.

»Wir müssen davon ausgehen, dass Sie den Schriftverkehr erhalten.« Mir fällt nichts mehr ein, niemand spricht, nur die Kollegin der Frau locht einen Riesenpapierstapel nach dem anderen hinter dem anderen Tisch.

»Und jetzt?«, fragt das Kind.

»Wie gesagt, Sie müssen unterschreiben, dass Sie die Nachfrist nicht eingehalten haben«, antwortet die Frau.

»Aber wir haben doch gerade eben …«, setze ich an.

»Nein. Wir unterschreiben nicht«, unterbricht mich der Nachbarskindvater.

»Das ist ja auch nicht fair«, sage ich. »Es muss doch noch was anderes geben, das wir tun können.«

»Ich kann den Akt nur an die Referentin weiterleiten, wenn Sie unterschreiben.«

»Wer ist die Referentin? Ihre Chefin?«, frage ich.

»Mein Chef ist der Herr Landeshauptmann«, antwortet sie.

»Der Bürgermeister?«

»Ja.«

»Also müssen wir zu dem gehen?«

»Nein, der Akt muss zur Referentin. Und damit er zur Referentin kommt, müssen Sie unterschreiben.«

»Aber wir können doch nichts für die Post.«

»Das können alle behaupten.«

»Aber …«

»Ich hab zehn Leute draußen sitzen, also bitte, tun S' weiter.« Wenn der Geruch in diesem Stockwerk eine Farbe hätte, er wäre das Lila ihrer Nägel.

»Können Sie uns einfach noch einen Termin geben, in zwei, drei Wochen oder so?«, frage ich. Vielleicht kennt sich irgendwer aus, den ich kenne, Berta oder Rudi oder Hana.

»Und was wollen S' tun in der Zeit?«

»Uns informieren.« Sie schaut zurück auf den Bildschirm, klickt, schiebt die Maus herum, klickt, schaut kurz zu uns, dann wieder zurück zum Bildschirm. Ich merke das Ziehen in meinem Nacken, ab und zu macht es sich noch bemerkbar. »Zwei Wochen haben S'. Und in anderthalb Wochen kommen S' dann wieder her, die Ladung kommt per Post.«

»Können Sie das nicht da ausdrucken?«, frage ich.

»Nein. Jede Ladung kommt mit der Post.«

»Aber …«

»Das müssen S' sich mit der Post ausmachen. Ich bin nicht die Post«, meint sie.

»Sind wir fertig?«, fragt die Nachbarskindmutter. Die Frau schaut schon nicht mehr zu uns, sondern nur noch auf ihren Bildschirm. Ich zucke mit den Schultern, die Frau sagt nichts, die Familie steht auf, ich auch.

»Wiederschauen«, sage ich.

»Wiedersehen«, antwortet die Nachbarskindmutter. Der Vater und das Kind sagen nichts. Ich mache die Tür auf, wir gehen zurück in den Wartebereich, wo viel mehr als zehn Leute sitzen, alle mit Gesichtern wie beim Begräbnis. Ein Mann kommt uns entgegen, eine dicke Mappe in der Hand. Ich schaue auf mein Handy, neun Uhr zweiundfünfzig, in acht Minuten müsste ich im Rösch stehen, um mir den Speiseplan für die kommenden Tage anzuhören. Die Nachbarskindeltern gehen zum Lift, sagen nichts, während wir warten. Nichts, während wir ins Erdgeschoß zurückfahren. Nichts, als wir unten ankommen. Erst als wir aus der Glastür hinaus sind, wendet sich die Nachbarskindmutter an mich.

»Danke«, sagt sie.

»Es tut mir leid, dass ich keine Hilfe war.«

»Wir haben zwei Wochen, Dankeschön.« Sie nickt bedächtig, legt eine Hand auf den Bauch.

»Ich werde nachfragen, vielleicht kennt irgendwer irgendwen, der sich auskennt.«

»Danke.«

»Gehst du jetzt arbeiten?«, fragt das Kind.

»Ja, ich geh gleich hin. Magst du …?« Es ist Dienstag, ein normaler Dienstag.

»Ich geh in die Schule.«

»Ja, sowieso.«

»Bald melden«, sagt der Nachbarskindvater, ich weiß nicht, ob es eine Frage, eine simple Aussage oder eine Drohung ist.

»Okay«, antworte ich. Das Kind hebt die Hand, wie ein Kommando schaut es aus, die ganze Familie wendet sich ab, geht los. Ich müsste in die gleiche Richtung, aber bleibe noch ein bisschen stehen, bis sie wieder in die Traisengasse abgebogen sind. Erst dann gehe ich auch los, langsam, dann schneller, die letzten Meter zum Rösch laufe ich, als wäre die MA-35-Frau hinter mir her, um mir mit ihren lila Nägeln die Haut aufzureißen.

Alle sind schon am Arbeiten, als ich hereinkomme. Janosz schaut fragend, Sinan hebt grüßend eine Hand, Andi ignoriert mich. Hinten in der Salatstation steht Hana, legt das Messer neben den Brie, wischt sich die Hände am Vorbinder ab.

»Hey, du«, sagt sie. »Was machst du denn bitte bei der MA 35?«

»Nix Gescheites.«

»Warst du im falschen Magistrat? Weil …«

»Ich war mit den Nachbarn, nicht für mich.«

»Verstehe.« Sie schaut mich ernst an. »Ist es schlimm?«

»Weiß ich nicht. Ich hab fast nix verstanden, was die da geredet hat.«

»Man versteht dort fast nie etwas, Connie. So ist das System gedacht.«

»Mh.«

»Mehr hackeln, weniger sinnieren«, ruft Andi von vorne.

»Arschloch«, murmle ich.

»Und was kommt als Nächstes?«, fragt Hana leiser.

»Wie?«

»Was machen sie jetzt, deine Nachbarn?«

»Weiß ich nicht. Ich hab die Frau gefragt, also die bei der MA 35, ob sie noch zwei Wochen warten kann. Und sie hat gesagt, ja, genau in zwei Wochen ist der nächste Termin.« Ich räuspere mich. »Kennst du zufällig wen?«

»Eine Anwältin meinst du?«

»Ja, oder halt …«

»Nein, meine Familie hat nie Geld dafür gehabt«, sagt Hana, »wir haben das immer alles selbst nachgeschaut.«

»Wie, nachgeschaut?«

»Im Gesetz.«

»Mh.«

»Ich kann euch helfen, wenn du magst. Ich kann mitkommen.«

»Das ist lieb von dir, Hana, aber das wär wirklich zu viel verlangt, du …«

»Die haben nichts zu verlieren, oder?«

»Ja, eh.«

»Gut. Dann frag sie doch, ob sie das in Ordnung fänden, und wenn ja, dann komme ich in zwei Wochen mit zu dem Termin.«

»Mhm.«

»Ich meine das ganz ernst, Connie. Die MA 35 ist kein Scherz.«

»Okay, ich frag sie.«

ELF

Das Nachbarskind schläft jede zweite oder dritte Nacht bei mir. Wenn ich aufwache, dann vom Kinderschnarchen oder vom dumpfen Schreien in der Wand. Minze sitzt dann aufrecht auf der Bettkante, den Blick fest auf die Schlafzimmertür gerichtet, ab und zu dreht sie ein Ohr nach hinten, ab und zu peitscht sie mit dem Schwanz auf die Bettkante. Die Nachbarskindeltern sehe ich nie, obwohl ich sie fast jede Nacht höre.

Jedes Mal, wenn Hana und ich beide in der Früh arbeiten, kommt sie davor zu mir in die Wohnung, bringt Frühstück mit, erzählt dem Kind Geschichten über ihre Oma in Bosnien, die ihre Spülmaschine aus Prinzip nicht verwendet, die eine alte Ziege hat und zwei junge Hunde. Geschichten über einen cholerischen Professor, über den sie sich ärgert. Dazwischen Gruselgeschichten, Katzengeschichten, Geschichten über Wien und die Welt. Sie bringt Gewürze in kleinen Dosen und Sackerln mit, verräumt sie in meinem Küchenkasten, unaufgefordert. Sie fragt nicht mehr, was mit den Nachbarskindeltern los ist. Sie fragt nicht mehr, wie das mit der Schule ist.

Irgendwann gebe ich dem Kind den Zweitschlüssel, den ich mir von Janosz zurückgeholt habe. Janosz redet weiter nur wenig mit mir, Hakim schreibt mir zwei, drei Nachrichten, auf die ich nicht antworte. Mama ruft ein paarmal an, ich schreibe ihr, dass ich leider viel zu tun habe. Sie schreibt zurück, dass es doch nicht Papa war im Internet, sondern ein Mann mit dem gleichen Nachnamen und Geburtsjahr. Ich antworte nicht.

An einem Abend komme ich von der Arbeit heim, das Nachbarskind schläft schon, ich lege mich dazu. Kein Schnarchen, kein Schreien in der Wand, Minze schläft neben dem Kinderkopf. Beim Frühstück spät am Vormittag starrt das Kind nicht wie sonst aus dem Fenster, während es Kaffee trinkt, sondern schaut interessiert durch die Küche, vom Ofen zur Tür zum Fenster.

»Willst du für immer da bleiben?«, fragt es.

»Für immer weiß ich nicht. Obwohl, warum nicht.«

»Die Minze auch?«

»Ja, die Minze bleibt bei mir, für immer.« Das Nachbarskind schaut wieder durch den Raum. »Sind deine Eltern eigentlich fort?«, frage ich.

»Ja.«

»Seit wann?«

»Seit gestern. Die sind zu meiner Tante.«

»Wo wohnt die?«

»Die ist Ärztin. Wegen dem Baby.«

»Und wo wohnt die? Weit weg?«

»Weiß ich nicht.«

»Aha.«

»Sie kommen bald wieder. Ich muss solang auf die Wohnung aufpassen.«

»Musst du da was Bestimmtes machen?«

»Wie, was Bestimmtes?«

»Weiß ich nicht, staubsaugen oder so.«

»Nein.«

»Okay.«

»Kommt die Hana heute?«

»Es ist Donnerstag.«

»Und?«

»Ich hab frei am Donnerstag. Außerdem hast du Schule.«

»Hab ich gar nicht, wir haben frei. Ein Heiliger von Wien ist gestorben oder so.«

»Ah.«

»Also kommt die Hana nicht?«

»Na, die Hana hat ein Leben.«

»Ein schönes?«

»Ich glaub schon.«

»Ich glaub auch.«

»Wieso?«

»Weil sie Bimmel-Ohrringe hat und so.«

»Stimmt, sie hat wirklich Bimmel-Ohrringe.«

»Kann sie nicht herkommen?«

»Und dann?«

»Dann können wir Bim mit ihr fahren.«

»Sie muss sicher auf die Uni.«

»Vielleicht nicht, wegen dem Heiligen.«

»Okay, ich schreib ihr.« Ich nehme das Handy von der Fensterbank, tippe *Magst du vorbeikommen und zu dritt Bim fahren?* Ich lösche alles wieder, schreibe *Magst du zu mir kommen, wir frühstücken und haben beide frei* dazu. Ihre Antwort kommt sofort, *Gleich ist Demo, habt ihr Lust?* Ich schreibe ein Fragezeichen zurück, sie ruft an.

»Hey«, sage ich.

»Hey, was ist, wollt ihr herkommen?« Ich höre sie laut atmen, sie ist unterwegs.

»Wohin denn?«

»Zum Heldenplatz, Connie!«

»Was ist da?«

»Eine Demo gegen Nazis, kommt einfach her, das wird super!« Das Kind schaut mich konzentriert an.

»Okay, wir kommen«, sage ich, lege auf.

»Wohin?«

»Zum Heldenplatz.«

»Okay, los.« Ruckartig steht es auf, Minze hüpft von der

Küchenbank, rennt zur Wohnungstür. Wenn sie ein Hund wäre, würde sie vor Freude mit dem Schwanz wedeln.

Wir gehen zwei Frauen mit Pappschildern hinterher, die bestimmt auch zur Demo gehen. Das Nachbarskind ist aufgedreht, redet von Polizeihubschraubern, die uns abschießen werden. Ich weiß nicht, ob Polizeihubschrauber bei Demos normal sind, ob ich überhaupt schon einmal auf einer Demo war, vielleicht als Kind, irgendein Bild wabert in meinem Kopf, nimmt aber keine Form an. Auf dem Heldenplatz stehen Leute in Gruppen, manche halten Schilder in die Höhe, manche bunte Fahnen, mir ist immer noch nicht klar, um welche Nazis es eigentlich geht. Überall sind Polizeiautos, normale neben größeren, breiteren. Eine Frau mit Bart oder ein Mann mit Schminke tanzt zu Musik, obwohl man keine Melodie hört, nur wummernden Bass. Ich werde langsamer, das Kind schneller.

»Hier!«, höre ich Hanas Stimme von irgendwo, ich recke mich. Sie hält sich wie ein Affe an eine Laterne geklammert, zwei Meter oder höher über dem Boden, winkt in unsere Richtung, rutscht dabei an der Laterne herunter. Das Kind wird noch schneller, rennt auf die Laterne zu. Ich könnte umdrehen, einfach wieder gehen. Was bringt es irgendwem, jetzt da herumzustehen, wenn ich nicht einmal weiß, worum es geht. Das Nachbarskind kennt den Heimweg, ich muss nicht bleiben, ich kann flanieren gehen, die Kärntner Straße ist nicht weit weg. Aber meine Beine gehen weiter, bis zur Laterne, das Kind steht neben Hana, schaut bewundernd von ihr zur Laterne.

»Schön, dass ihr da seid«, ruft Hana, kommt auf mich zu, umarmt mich. Wieder riecht sie nach Seife und Brot, dabei hat sie gar nichts gebacken, oder vielleicht doch. Vielleicht bäckt sie einfach jeden Morgen, vielleicht macht man das, wenn man sein Leben lebt wie Hana, wenn man so strahlen kann an einem bitterkalten Donnerstag im März.

»Hey«, sage ich.

»Was machen wir jetzt da?«, fragt das Nachbarskind.

»Demonstrieren, das machen wir«, antwortet Hana.

»Wieso?«

»Weil die Nazis keinen Schritt mehr weiter gehen dürfen.«

»Wo sind die denn?« Das Kind schaut sich um.

»Nicht da.«

»Warum sind wir dann da?«

»Weil da drinnen der Bundespräsident ist.« Hana deutet auf einen Gebäudeteil vor uns. »Das ist die Präsidentschaftskanzlei«, sagt sie. Ich weiß nicht, wem sie etwas beibringen will, mir oder dem Kind.

»Kommt der raus?«, fragt das Nachbarskind.

»Na, sicher nicht«, sage ich.

»Wir hoffen aber, dass er uns hört«, erwidert Hana, wirft mir einen irritierten Blick zu.

»Ich hab Hunger«, sagt das Kind.

»Da gibt's nix, wir sind mitten am Heldenplatz.«

»Warte kurz«, meint Hana, stellt ihren Rucksack auf den Boden, kramt darin, holt ein Papiersackerl heraus. »Da, die kannst du essen.« Das Kind packt eine Brezel aus, beißt hinein, als hätte es seit Tagen nichts gegessen. Hana lächelt mich an.

»Danke«, sage ich.

»Ich hab leider nur die eine«, meint sie.

»Wir haben vorher eh gefrühstückt.«

»Echt schön jedenfalls, dass ihr da seid. Ich dachte nicht, dass das deins ist.«

»Wie, meins?«, frage ich.

»Demos.« Ich sollte ehrlich sein, ihr recht geben.

»Ich war schon oft auf Demos«, lüge ich stattdessen.

»Dann hab ich dich wohl falsch eingeschätzt«, grinst Hana. »Wie sagt man noch mal? Stille Wasser sind tief.«

»Ich kann nicht schwimmen«, sagt das Nachbarskind kauend.

»Es ist nur ein Sprichwort, keiner muss schwimmen gehen«, entgegne ich. Die Musik wird lauter, das Kind reckt den Kopf. Zwei Männerstimmen schreien rhythmisch etwas auf Italienisch oder Spanisch, irgendwo trommelt jemand im Takt dazu.

»Soll ich dir auf die Laterne helfen?«, fragt Hana. Das Nachbarskind nickt, Hana stellt sich wie für eine Räuberleiter hin, das Kind schaut kurz nach hinten zu mir, dann steigt es in Hanas gefaltete Hände, Hana drückt es nach oben, das Kind klammert sich an der Laterne fest, der kleine Kopf wird ganz schnell sehr rot. Es versucht, sich festzuhalten, aber rutscht langsam nach unten. Hana macht nichts, ich mache nichts, wir warten beide einfach, bis das Nachbarskind wieder auf dem Boden ist.

»Das ist alles scheiße«, sagt es. »Ich will heim.«

»Aber ihr seid doch gerade erst gekommen«, erwidert Hana, »und ich kann dich auf die Schultern nehmen, wenn du magst.«

»Ich bin kein dummes Baby, ich will heim«, sagt das Kind, das Gesicht immer noch ganz rot, Tränen in den Augen, wegen einer blöden Laterne weint es gleich. Die Männer rufen immer noch irgendetwas im Takt, das ich nicht verstehe, die Trommel ist schneller geworden, oder vielleicht kommt mir das nur so vor. Um uns ein Haufen Leute, wann sind es so viele Leute geworden, wieso ist denen der Präsident so wichtig, vielleicht ist er ja auf Urlaub oder unterwegs in der Welt, vielleicht schüttelt er gerade irgendwem die Hand, einem Scheich oder einer Königin vielleicht.

»Wir können einen Ausflug machen«, schlage ich vor.

»Was für einen Ausflug?«, fragt das Nachbarskind.

»Weiß ich nicht, irgendwo rausfahren.«

»Nach Kosovo?«

»Das ist zu weit weg.«

»Ist nicht morgen der Termin bei der MA35?«, fragt Hana.

»Morgen?«, frage ich.

»Ja, morgen ist Freitag.« Ich will ihr sagen, dass die Nachbarskindeltern fort sind, dass das Kind deswegen die ganze Zeit bei mir ist, dass ich nicht mehr an den Termin gedacht habe. Ich will sie fragen, wie schlimm es wäre, wenn wir einfach nicht hingehen würden, oder ob nur sie hingehen könnte, damit das Kind und ich nicht noch einmal hinmüssen.

»Ah, stimmt«, sage ich stattdessen, räuspere mich, »ich hab nur was durcheinandergebracht.«

»Wo fahren wir jetzt hin?«, fragt das Nachbarskind.

»Wo würdest du denn gerne hin?«, fragt Hana.

»Ans Meer.«

»Das Meer ist leider auch zu weit weg.«

»Dann zu einem See.«

»Wir können zum Neusiedlersee«, meint Hana, »oder, Connie?«

»Ich hab keinen Führerschein. Du schon?«, frage ich.

»Nein, aber können wir nicht Janosz ...?«

»Sicher nicht.«

»Oder zu einem Fluss«, sagt das Kind. Eine Gruppe älterer Frauen hat sich viel zu nahe zu uns gestellt, eine von ihnen erklärt etwas, haut auf ihren Oberschenkel, fängt an, auf Englisch zu singen, aber sie kann kein Englisch. Warum singt ein Haufen Omas schlecht auf Englisch, mitten in Wien, am Heldenplatz.

»Zur Donau können wir«, meint Hana.

»Okay, los geht's«, sage ich.

»Jetzt?«, fragt Hana.

»Das da ist scheiße«, sagt das Kind, bevor ich etwas sagen kann. »Demos sind scheiße.«

»Ich …«, setzt Hana an, so überrumpelt habe ich sie noch nie gesehen, nicht einmal, als ihr eine ganze Schachtel Eier aus der Hand gefallen ist, nicht einmal, als ich gestürzt bin. Es ist nur ein kurzer Moment, in dem sie so überfordert dreinschaut, dann ist sie sofort wieder ganz die Alte, selbstsicher, strahlend. »Okay, dann gehen wir«, sagt sie, »einmal zur Donau und nie mehr zurück.« Ich will ihr sagen, dass das schön klingt, endgültig. Ich will sie fragen, wo sie das herhat oder ob ihr das einfach so gerade eingefallen ist, einmal zur Donau und nie mehr zurück, aber ich sage nichts, schaue nur noch einmal hinauf zur Präsidentschaftskanzlei. Kein Vorhang bewegt sich, kein Mensch schaut heraus. Die ganze Demo für nichts und wieder nichts.

Weiter als zur Reichsbrücke sind wir nicht gekommen, das Nachbarskind steht am Geländer, schaut starr hinunter auf die Donau. Hana steht neben dem Kind, ich neben Hana.

»Seht ihr das?«, fragt sie, deutet auf eine Stelle im Wasser. »Da, der dunkle Fleck.«

»Ja«, sagen das Nachbarskind und ich gleichzeitig.

»Das ist entweder ein Fahrradfriedhof oder noch Brückenteile von 1976.«

»War da Krieg?«, fragt das Kind.

»Nein, da ist die Brücke eingestürzt, einfach so. Und manche Teile haben sie nie herausgeholt.«

»Eine Brücke kann doch nicht einfach so einstürzen«, sage ich, schaue zu Hana.

»Die schon.« Hana schaut kurz auch zu mir, dann wieder hinunter.

»Kann man da runterspringen?«, fragt das Nachbarskind.

»Kann man schon, aber ist vielleicht nicht so gescheit«, sage ich.

»Aber man kann ja woanders reinspringen.«

»Ja, schon, aber kalt ist es trotzdem.«

»Wohin wollt ihr eigentlich?«, fragt Hana. »Auf die Insel oder ganz hinüber in den Zweiundzwanzigsten?«

»Ich will da bleiben«, sagt das Kind.

»Auf der Brücke?«, fragt Hana.

»Ja. Es ist gut da.«

»Okay«, sage ich, bevor Hana noch einen Vorschlag machen kann. Wieder schaut sie mich von der Seite an, fast schon enttäuscht, von mir oder vom Nachbarskind oder von uns beiden, wahrscheinlich von mir. Niemand redet, wir stehen nebeneinander, schauen aufs Wasser, ab und zu verlagert Hana neben mir ihr Gewicht vom einen Bein aufs andere. Wie muss es sich anfühlen, auf einer Brücke zu stehen, die einfach so einstürzt, fällt man langsam oder schnell, rennt man noch los oder lässt man es einfach passieren. Die U-Bahnen hinter uns kommen und fahren, Leute gehen an uns vorbei, ein Sandler pisst keine fünf Meter von uns von der Brücke. Hana schaut aus, als ob sie gerne etwas erzählen würde, als ob sie sich gerne bewegen würde oder ihre eigene Demo auf einer Brücke im Nirgendwo veranstalten würde.

»Was ist eigentlich aus deinem Typen geworden?«, fragt sie irgendwann.

»Mh?«

»Der Besuch von vor ein paar Wochen.«

»Ach so. Nix, den hab ich länger nicht gesehen.«

»Den Janosz?«, fragt das Kind.

»Na, ein anderer«, sage ich. Wieso muss sie jetzt über Hakim reden, was hat der mit irgendetwas zu tun. Wieso können wir nicht einfach nur dastehen, schauen, auf die Dämmerung warten.

»Meine Mama sagt, wenn eine Frau mit vielen Männern …«, setzt das Nachbarskind an.

»Deine Mama ist aber nicht da«, unterbreche ich es.

»Connie«, sagt Hana, noch höher könnte sie ihre Augenbrauen nicht mehr ziehen.

»Was denn, stimmt doch«, erwidere ich leiser.

»Sie kommen bald wieder«, sagt das Kind. Ich muss an die Frau mit den langen lila Nägeln in der MA35 denken, an ihr geschminktes Gesicht, an den Staub auf den Jalousien, der genauso gut auf der Frau hätte liegen können.

»Wer?«, fragt Hana. »Wer kommt wieder?«

»Meine Eltern, die sind gerade nicht da.«

»Wo sind sie denn?«

»Die kommen eh wieder. Vielleicht haben sie das Baby dann schon dabei«, antwortet das Nachbarskind.

»Was für ein Baby?« Hana hat die Nachbarskindmutter nie persönlich getroffen, ich habe ihr nichts von dem Bauch erzählt, sie kann es nicht wissen.

»Meine Mama kriegt bald ein Baby«, sagt das Kind. Es fügt noch etwas hinzu, aber ich kann es nicht hören, weil die U-Bahn gerade hinter uns einfährt.

»Freust du dich?«, fragt Hana.

»Auf was?«

»Auf das Baby. Dann bist du kein Einzelkind mehr.«

»Ist mir egal.«

»Ich hab zwei Brüder und eine kleine Schwester«, sagt Hana, »und ohne die wäre meine Kindheit sicher eine ganz andere gewesen.«

»Das einzige Kind sein hat auch Vorteile«, erwidere ich.

»Wann ist es denn so weit?«, fragt Hana das Nachbarskind.

»Weiß ich nicht, aber sicher bald. Sonst …« Das Kind schaut zu mir, hört auf zu reden. Als wäre die Tante, die die Nachbarskindeltern besuchen, ein Geheimnis, von dem nur ich wissen darf. Hana fragt nicht weiter nach, stößt sich nur vom Geländer ab, dreht sich um, schaut Richtung U-Bahn.

»Kommt, wir fahren zu mir«, sagt sie.

»Wie, zu dir?«, frage ich.

»Zu mir heim.«

»Okay«, antwortet das Kind, bevor ich etwas einwenden kann. Was soll ich bei ihrer Familie, noch dazu mit meinem Nachbarskind im Schlepptau?

»Mach dir keine Sorgen«, meint Hana, »es ist bestimmt nur meine Schwester daheim. Alles kein Problem.« Habe ich laut nachgedacht? Hat sie mich gehört?

»Okay«, antworte ich. »Aber lang kann ich nicht bleiben, Minze wartet ja.«

»Sicher«, sagt Hana, lächelt, dann geht sie los.

Hanas Schwester schaut aus wie sie, nur kleiner, runder, mitten in der Pubertät. Sie fragt nicht, wer wir sind, das Nachbarskind und ich, sondern sagt, dass sie Kuchen gebacken hat, dass wir ihn nicht essen dürfen, weil er für den Geburtstag ihrer Freundin Shirin ist. Dann geht sie, das Kind schaut ihr hinterher, bis sie hinter einer Tür verschwunden ist. Die Küche ist klein, fast so klein wie meine, aber alles ist ordentlich, sogar die vielen verschiedenen Gewürze sind in einem kleinen Korb und jedes ist beschriftet.

»Kaffee?«, fragt Hana.

»Ja«, antworten das Kind und ich gleichzeitig. Hana holt ihr Handy aus der Hosentasche, schließt ein Kabel an, Gitarrenmusik kommt aus einer kleinen Box über dem Kühlschrank. Ein Mann singt traurig dazu, ich verstehe kein Wort.

»Der Lieblingssänger meiner Eltern«, erklärt Hana, während sie Kaffee in eine kleine Mühle leert.

»Ich versteh nix«, sagt das Nachbarskind. Es hat sich direkt auf einen der Sessel gesetzt, nestelt an einem Polsterfaden herum, schaut neugierig durch die Küche. Ich setze mich daneben.

»Das ist meine Muttersprache«, erklärt Hana, »Bosnisch.«

»Hast du auch eine Katze?«, fragt das Kind.

»Nein, leider nicht.«

»Kannst du eine kaufen?«

»Solange ich noch daheim wohne, geht das nicht.« Hana fängt an, den Kaffee zu mahlen.

»Wieso nicht?«

»Weil meine Schwester allergisch ist.«

»Kann die nicht woanders wohnen?«

»Wo denn?«

»Sie kann nach Kosovo. Da wohnen Katzen nicht drinnen, sondern draußen. Und da kann sie auch Kuchen backen für die Shirin.«

»Wieso denn der Kosovo?«

»Nur so.«

»Warst du schon mal im Kosovo?«

»Nein.«

»Der Kosovo ist gar nicht so weit weg von Bosnien, hast du das gewusst?«

»Warst du schon mal in Bosnien?«, fragt das Kind ganz ernsthaft.

»Ja, wir fahren jedes Jahr hin.« Hana hört auf mit dem Mahlen, holt eine riesige Espressokanne aus dem Kasten, füllt den Boden mit Wasser an, setzt ein Sieb darauf, leert den Kaffee in das Sieb, schraubt die obere Hälfte darauf.

»Ich kann mich gar nicht dran erinnern, wie ich ein Baby war«, sagt das Nachbarskind.

»Wo warst du denn als Baby?« Hana dreht sich zu uns um.

»Weit weg.«

»In einem anderen Land?«

»Weiß ich nicht.«

»Verstehe.« Hana dreht sich wieder zum Herd, holt ein Feuerzeug aus einer Schublade, dreht den Gasherd an. Das Nachbarskind steht auf, geht zu ihr hin.

»Wieso machst du das so?«

»Was?«, fragt Hana.

»So ein Feuer.«

»Das macht man so beim Gasherd«, erkläre ich, weil Hana das Kind verständnislos anschaut. »Man muss es erst anzünden, sonst kommt einfach nur Gas raus.«

»Aber vielleicht brennt alles«, sagt das Kind.

»Nicht, wenn man gut aufpasst«, erwidert Hana, lächelt warm. Sie schaut aus, als würde sie dem Nachbarskind gleich über den Kopf streichen wollen. Ich räuspere mich vorsichtshalber laut, beide schauen mich an.

»Willst du ein Glas Wasser?«, fragt Hana, ich schüttle den Kopf. Die zwei schauen wieder zurück zum Herd, von hinten könnten sie Mutter und Kind sein, die dunklen Locken, die dünnen, kräftigen Arme, der Stand auf dem linken Bein. Ein dumpfes Ziehen geht durch meinen Bauch. Niemand redet, nur die Musik füllt den Raum. Der Kaffee fängt an zu brodeln, blubbert, dann dreht Hana den Herd ab, schenkt uns ein. Sie weiß, dass das Nachbarskind seinen Kaffee schwarz trinkt. Sie weiß, dass ich ihn mit Milch mag. Ich starre sie an, wie sie dasteht, an den Kühlschrank gelehnt, ihren Kaffee trinkt, dabei zufrieden in die Luft schaut.

»Ist was?«, fragt sie. Wahrscheinlich hat sie mein Starren bemerkt.

»Nix, nix, nur danke«, sage ich.

»Wofür?«

»Für den Kaffee und alles.«

»Ich bin doch auch ständig bei dir, das ist das Mindeste.«

»Aber bei dir ist es viel schöner«, sagt das Kind. Ich muss grinsen, Hana auch. Das Nachbarskind trinkt unbeeindruckt weiter Kaffee. Das Lied hört auf, kurz ist kein einziges Geräusch in der Küche. Ich schaue Hana an, vielleicht denkt sie auch an morgen, vielleicht fragt sie sich auch, ob die Nachbarskindeltern rechtzeitig zurückkommen oder ob wir zu dritt am Amt stehen werden, ein Kind ohne Eltern, mit zwei fremden Frauen.

ZWÖLF

Ich brauche ewig, um einzuschlafen. Um halb fünf miaut Minze leise, von draußen höre ich Lärm. Kurz die Hoffnung, dass die Nachbarskindeltern zurückgekommen sind, dass sie sich doch noch an ihr Kind erinnern, an den Termin bei der MA 35. Dann aber Frau Laslos Stimme am Gang, eine zweite Stimme kommt dazu. Ich stehe auf, ziehe mir den Wintermantel über den Pyjama, mache die Wohnungstür einen Spalt auf. Frau Laslo und Frau Zukić stehen schräg vor Tür fünfunddreißig, ungeschminkt schaut Frau Zukić jünger aus, weicher. Frau Laslo im karierten Hausanzug winkt mich zu sich.

»Was ist passiert?«, flüstere ich, mache die Wohnungstür hinter mir zu.

»Es hat laut Rumms gemacht und dann hat es gescheppert, hast nix gehört?«, sagt Frau Zukić.

»Vielleicht ist er aus'm Bett gefallen.« Beide zucken mit den Schultern. »Haben Sie schon angeklopft?«

»Nein, Connie, das machen wir sicher nicht. Am Ende sind da irgendwelche Araber drin, die ihn umgebracht haben«, sagt Frau Laslo.

»Dann holen wir halt die Polizei.«

»Aber vielleicht hat er die Dings da«, sagt Frau Zukić.

»Seine …?«

»Pscht«, zischt Frau Zukić, schaut nach rechts, links, dann geht sie ganz nah hin, hält ihr Ohr an die Tür.

»Und?«, flüstert Frau Laslo.

»Irgendwas ist, ein komisches Geräusch«, flüstert Frau Zukić.

»Dann holen wir die Polizei«, sage ich. Die beiden tauschen erst einen Blick aus, dann nicken sie gleichzeitig. Ich gehe zurück in meine Wohnung, das Nachbarskind schläft einfach weiter, Minze sitzt neben dem Kinderkopf, schaut mich putzmunter an. Ich hole das Handy, gehe wieder hinaus, schaue die beiden Frauen noch einmal an, sie nicken wieder, ich wähle den Notruf. Ein müder Mann am anderen Ende sagt, er schickt gleich eine Streife, wir sollen ja nichts probieren, auf keinen Fall die Tür aufbrechen. Fast muss ich lachen, was glaubt er, wer wir sind, wie wenig uns unser Leben wert ist. Wir gehen vor die Stiegentür, Frau Zukić hält uns ihre Zigarettenschachtel hin, ich greife zu, Frau Laslo auch. Frau Zukić und ich schauen sie überrascht an, sie zuckt mit den Schultern.

»Der Stress«, sagt sie.

Wir rauchen gerade je den zweiten Tschick fertig, als zwei Polizisten von links auftauchen.

»Oje, zwei Dicke«, sagt Frau Zukić, »das kann ja nix werden.« Die Polizisten schauen aus wie Zwillinge, beide blond, beide sicher über fünfzig, beide den gleichen gelangweilten Blick aufgesetzt.

»Haben Sie angerufen?«, fragt der eine.

»Ja«, antworte ich.

»Wegen was genau?«, fragt der andere.

»Beim Nachbarn hat's Rumms gemacht«, antwortet Frau Laslo.

»Wie, Rumms?«, fragt der erste wieder.

»Wir glauben, es ist vielleicht was passiert«, sagt Frau Laslo. Frau Zukić nickt, ich mache es ihr nach.

»Ist er schon einmal auffällig geworden, der Herr Nachbar?«, fragt der zweite Polizist. Er geht ein paar Schritte zurück, schaut am Haus hinauf. Frau Laslo schaut Frau Zukić an, Frau Zukić mich.

»Schauen Sie bitte einfach nach«, sage ich so ruhig wie möglich.

»Gibt's einen Lift?«, fragt der zweite.

»Nein«, antworten Frau Laslo, Frau Zukić und ich gleichzeitig.

»Leider«, fügt Frau Zukić hinzu.

»Gut, dann gemmas an«, sagt der erste. Die zwei gehen voraus, dahinter Frau Laslo, dann Frau Zukić, dann ich. Keuchen im Stiegenhaus, ich weiß nicht, wer von den vieren so schnauft.

Vor Tür fünfunddreißig bleiben wir stehen, vielleicht war der Fleck vor ein paar Wochen doch Blut. Hauptsache, es ist nicht schon wieder jemand gestorben, dann wäre den ganzen Tag das Stiegenhaus voller Leute, wie beim vorigen Mal.

»Und wer hat's gehört?«, fragt einer der beiden Polizisten, ich kann sie nicht mehr auseinanderhalten in dem schlechten Licht.

»Ich«, antwortet Frau Laslo, verschränkt die Arme vor der Brust. Ich schaue hinüber zu meiner Tür, hoffentlich miaut Minze nicht, hoffentlich wacht das Kind nicht auf. Warum bin ich überhaupt herausgekommen, die zwei hätten das auch alleine geschafft, ich hätte sie einfach ignorieren können, dann müsste ich jetzt nicht sinnlos um fünf in der Früh am Gang herumstehen. Der Polizist, der gerade geredet hat, geht zu Tür fünfunddreißig, legt seinen Kopf schief daran wie vorhin Frau Zukić.

»Hören tu ich nix«, sagt er zu seinem Kollegen.

»Schlecht«, meint der. Der erste legt noch einmal seinen Kopf an die Tür, ich bin zu müde für diesen Wahnsinn. Sicher gehen die Polizisten sowieso gleich, weil sie sich den Aufwand nicht antun wollen, die Tür aufzubrechen. Wäre das gut oder schlecht, ich weiß es nicht.

»Haben Sie eigentlich Pistolen?«, fragt Frau Laslo, ihre Stimme klingt laut gegen das leise Restschnaufen von Frau Zukić.

»Ja, natürlich, wir sind ja nicht deppert«, sagt der Polizist an der Tür, richtet sich auf. Jetzt muss er es beweisen, jetzt können sie nicht mehr einfach so gehen, sonst würden sie gegen eine alte Frau verlieren, gescheit hat Frau Laslo das angestellt. Er stellt sich aufrecht hin, schaut wieder zu seinem Kollegen, dann zurück zur Tür, klopft zweimal fest an. Nichts passiert.

»Aufmachen, Polizei«, sagt er laut, klopft dabei noch einmal.

»Und Sie sind sich ganz sicher, dass es hinter der Tür war?«, fragt sein Kollege.

»Ja«, antworten Frau Zukić und Frau Laslo. Der Polizist an der Tür klopft weiter, regelmäßig, rhythmisch, wie soll das irgendwer ernst nehmen. Die Tür bleibt zu.

»Jetzt reicht's auch wieder«, meint der andere.

»Eh«, sagt der an der Tür, hört auf, schaut aber weiter die Tür an.

»Und jetzt?«, fragt Frau Laslo.

»Wenn S' nicht ganz sicher gehört haben, dass wer nach Hilfe schreit, dann könn'ma leider nix machen«, sagt der, der geklopft hat.

»Wir können ja nicht einfach jede Tür aufbrechen, verstehen S'«, erklärt der andere. Frau Zukić und Frau Laslo tauschen einen Blick aus, den ich nicht deuten kann.

»Also was passiert jetzt genau?«, fragt Frau Laslo.

»Das muss man sich dann anschauen«, antwortet der an der Tür.

»Wann denn?«, fragt Frau Laslo.

»Wenn S' wen Hilfe schreien hören.«

»Und wenn sie schon tot ist?«, sagt Frau Zukić leise.

»Wer ist tot?«, fragt der andere.

»Niemand«, antwortet Frau Zukić schnell.

»Aber wie sollen wir wen Hilfe schreien hören, der vielleicht nicht mehr schreien kann?«, frage ich.

»Ja, das ist die Krux«, antwortet der an der Tür. Er schaut ehrlich bedauernd drein, Polizist sein in Wien ist sicher nicht lustig.

»Die Damen, uns sind die Hände gebunden«, sagt sein Kollege, zuckt mit den Schultern, ihm kann man das Bedauern nicht abnehmen, ihm ist wahrscheinlich einfach alles egal.

»Aha«, meint Frau Laslo.

»Aber danke«, sagt Frau Zukić. Der Polizist, dem alles egal ist, nickt uns zu, dann geht er zurück Richtung Stiege. Der andere bleibt kurz stehen, schaut nach links und rechts wie Frau Zukić vorhin erst.

»Nächstes Mal beim Anrufen einfach sagen, dass wer Hilfe geschrien hat«, sagt er leise, fast verschwörerisch. Dann geht er seinem Kollegen hinterher, kleine schnelle Schritte, die ihn lächerlich ausschauen lassen. Frau Laslo, Frau Zukić und ich stehen vor Tür fünfunddreißig in der Stille.

»Sorry«, sage ich, obwohl ich nicht weiß, wofür ich mich entschuldige.

»Probiert haben wir's«, erwidert Frau Zukić.

»Du bist eh eine Gute, Connie. Schlaf gut«, meint Frau Laslo, als wäre die Polizei meinetwegen da gewesen.

»Gute Nacht«, sage ich.

»Gute Nacht«, antworten beide gleichzeitig. Sie klingen nicht besorgt, eher erleichtert. Eine gute Tat am Tag, gleich um fünf in der Früh.

Ich warte, bis sie um die Ecke gebogen sind, erst dann gehe ich zurück zu meiner Wohnung. Minze sitzt immer noch putzmunter da, starrt mich an. Das Kind ist halb unter dem Polster verschwunden. Kurz wacht es vom Licht auf, blinzelt mich träge an, murmelt etwas Unverständliches.

»Alles gut, nix passiert«, lüge ich flüsternd, bevor ich mich zurück ins Bett lege. Mein Herz klopft laut, jagt mich durch einen wirren Traum. Nur wenig später läutet der Wecker. Das Nachbarskind steht auf, ruft nach Minze. Ich reibe mir die Augen, Minze hüpft vom Bett, ich kann ihr nicht einmal mehr den Kopf kraulen wie früher. Das Kind hat uns in der Hand, mich, Minze, sogar Hana. Vielleicht ist das gut so, oder vielleicht haben wir irgendetwas falsch gemacht.

Ich steige unter die Dusche, damit ich irgendwie munter werde. Als ich herauskomme, steht Hana schon in der Küche, heute schaut sogar sie verschlafen aus.

»Hey«, lächelt sie mich müde an.

»Die Hana ist schon da«, sagt das Nachbarskind.

»Das seh ich.« Unbeeindruckt schiebt das Kind den Sessel zum Herd hin, steigt auf den Sessel, schaltet den Wasserkocher ein.

»Das Wasser hast du vergessen«, sagt Hana, tritt neben das Kind, schaltet den Wasserkocher wieder aus, füllt ihn mit Wasser an, stellt ihn zurück. Das Nachbarskind drückt noch einmal den Einschaltknopf. Das gleiche Ziehen in meinem Bauch wie gestern, vielleicht ist das da das Beste, was mir nach Minze bisher im Leben passiert ist, erst das Kind, dann Hana. Vielleicht ist so ein Ziehen normal, wenn alles jederzeit zerbrechen kann. Falls die Nachbarskindeltern nicht zurückkommen, holt sich das Jugendamt das Kind sicher ganz schnell, dann kommt Hana nicht mehr zum Frühstück, warum auch. Wir sind dann nur noch Kolleginnen, vielleicht auch das nur kurz, bis Hana einen besseren Job findet, einen, bei dem sie keine Idioten-Kollegen hat, bei dem sie sich nicht verbrennt, bei dem sie nicht so viel Dreck wegputzen muss. Dann bleibe ich mit Minze über, mit einem Haufen von Hanas Gewürzen, mit denen ich alleine nichts anfangen kann.

»Connie, ist alles in Ordnung?«, reißt Hana mich aus meinen Gedanken.

»Ja, sicher.« Das Kind leert konzentriert heißes Wasser auf das Kaffeepulver in der Kanne. Hana schaut kurz zur Wand, dann fragend zu mir. Ich schüttle den Kopf. Wenn die Nachbarskindeltern zurückgekommen wären, hätten sie doch angeklopft oder geläutet oder sich irgendwie anderweitig bemerkbar gemacht.

»Ich geh aufs Klo«, sagt das Kind, nachdem es fertig mit dem Wasseraufgießen ist, steigt vom Sessel herunter, schaut uns ernst an. »Nicht anrühren«, fügt es hinzu. Hana und ich nicken.

»Was sind das denn für Eltern?«, sagt Hana leise, kaum, dass das Nachbarskind die Klotür hinter sich zugesperrt hat.

»Weiß ich nicht«, antworte ich genauso leise.

»Ich meine, haben die wenigstens Essen dagelassen? Oder Geld?«

»Hana, du …«

»Ja, ich weiß schon, ich kann das nicht verstehen.«

»Doch, ich mein nur, das ist nicht so ungewöhnlich«, sage ich. »Meine Mama hat mich früher auch öfter mal allein gelassen.«

»Eine Woche lang? In dem Alter?« Hanas Augenbrauen schnellen in die Höhe.

»Weiß ich nicht mehr.«

»Das ist trotzdem nicht in Ordnung, Connie. Man lässt ein Kind nicht ganz allein.«

»Aber wir wissen nicht, was mit dem Baby ist.«

»Ja, und?« Sie flüstert, ist aber trotzdem viel zu laut dabei. »Die können doch nicht ihr Kind einfach ignorieren und bei dir lassen, die kennen dich ja gar nicht, woher sollen die …« Die Klospülung rauscht, Hana hört auf zu reden, verschränkt die Arme vor der Brust. Ich weiß, dass sie recht hat, dass Kinder ganz genau wissen, wenn sie ungewollt sind. Auch wenn es nur für einen Tag oder eine Woche ist, das Gefühl bleibt. Ich hatte als Kind wenigstens Mamas Freundeskreis, der nach mir geschaut hat, wenn sie weg war. Aber das Nachbarskind ist wirklich ganz allein, Hana und ich zählen nicht, wieso sollten wir auch.

»Was ist?«, fragt das Kind, das direkt vom Klo wieder in die Küche kommt.

»Willst du vielleicht deine Eltern anrufen?«, fragt Hana.

»Wieso?«

»Weil heute der Termin bei der MA35 ist.«

»Aber du und die Connie geht doch mit, oder?« Kurzes Flackern in den Kinderaugen, vielleicht weiß auch das Nachbarskind, dass da etwas Großes auf dem Spiel steht, dass die Anwesenheit der Eltern viel ausmachen würde. Vielleicht lässt es sich nur nichts anmerken, die ganze Zeit schon nicht. Vielleicht weint es heimlich, wenn ich schlafe. Vielleicht kann ich nichts richtig einschätzen, nicht einmal ein Kind.

»Ja, natürlich«, sagt Hana, hält ihm ihr Handy hin, »aber du kannst sie ja fragen, ob sie uns dort treffen.« Das Kind nimmt das Handy zögerlich, schaut zu mir, Hilfe suchend oder einfach nur irritiert, ich weiß es nicht. Ich nicke bekräftigend, obwohl ich genau weiß, was passieren wird. Das Kind weiß es sicher auch, der ganze Zirkus also nur für Hana, für ihre irre Hoffnung. Es tippt konzentriert Zahlen ein, dann auf den grünen Knopf, hält sich das Handy ans Ohr. Hana schaut erwartungsvoll, sie glaubt wirklich an die Vernunft, ganz ernsthaft glaubt sie daran, dass die Eltern abheben werden, auf dem Weg sein werden, sich entschuldigen werden. Das Nachbarskind lässt das Handy sinken, tippt auf den roten Knopf, streckt Hana das Telefon hin. Hana schaut ungläubig vom Kind zu mir.

»Und deine Mama?«, sagt sie.

»Die hat ihr Handy dagelassen.«

»Hat sie dir was geschrieben?«

»Nein.«

»Und dein Papa?«

»Mailbox«, sagt das Nachbarskind, schaut auf das Handy in seiner Hand.

»Versuch's …«

»Egal«, unterbreche ich Hana, bevor das Kind das Telefon auf den Boden fallen lässt. »Wir gehen einfach zu dritt.« Hana schaut mich zornig an.

»Connie, du …«, setzt sie an.

»Es wird sich alles klären, Hana«, lüge ich, die Ruhe in meiner Stimme überrascht mich selbst. Vielleicht braucht es diese Lüge, vielleicht kommen wir nur so heil zur MA35 und wieder heim. Wir können uns kein Zerbrechen leisten, nicht wir.

»Sie kommen bald wieder«, sagt das Nachbarskind zu Hana, als wäre sie es, die man verlassen hätte, die getröstet werden müsste. Hana sagt nichts mehr.

Schweigend ziehen wir uns an, schweigend gehen wir aus der Wohnung. Keine Frau Zukić vor der Stiegentür, irgendwie hätte mich das beruhigt. Schweigend gehen wir nebeneinanderher zur MA35, der Weg kommt mir ohne die Nachbarskindeltern länger vor, warum sind wir nicht Bim gefahren.

Wieder sind wir viel zu früh dran, wieder stehen schon Leute in einer Schlange vor der Glastür, einen Mann erkenne ich wieder. Ich schaue zu Hana, die mittlerweile nicht mehr grantig, sondern nur noch angespannt ausschaut. Das Kind steht zwischen uns wie eine kleine Statue, bewegt sich nicht, schaut wie Hana einfach nur nach vorne Richtung Glastür. Was genau soll überhaupt passieren, wir haben nichts dabei außer dem Kinderpass und dem Brief, der vor ein paar Tagen angekommen ist. Vielleicht hätten wir einfach nicht herkommen sollen.

»Es geht los«, sagt Hana irgendwann. Die Glastür wird aufgesperrt, wir gehen den anderen hinterher, alles kommt mir noch langsamer vor als beim vorigen Mal. Ich wünschte, die Frau mit den Zwillingen wäre wieder da, dann wären wir nicht die Verlorensten im Raum. Das Nachbarskind sitzt zwischen Hana und mir, schaut zu mir herauf.

»Hast du Angst?«, fragt es mich.

»Warum sollte die Connie Angst haben?«, antwortet Hana für mich. Ich hätte Lust, ehrlich zu sein, Ja zu sagen, das Kind kennt mich mittlerweile gut genug, was sollen die Lügen.

»Weil sie sich nicht auskennt«, sagt das Kind.

»Aber ich kenne mich aus«, meint Hana, »ich war schon oft da. Man muss einfach nur dagegenhalten, dann tanzen sie uns nicht auf der Nase herum. Ihr lasst einfach mich reden, okay?« Das Kind und ich nicken, vielleicht wird das doch noch gut ausgehen, vielleicht haben wir mit Hana wirklich eine Chance.

Die Sachbearbeiterin, wie Hana sie nennt, schaut aus, als wäre sie nicht heimgegangen seit dem vorigen Mal, als wäre sie nicht einmal von ihrem Sessel aufgestanden. Die Frisur ist gleich, der Pullover ist gleich, die lila Nägel sind gleich. Wir setzen uns nicht, sondern stehen einfach im Raum, links Hana, in der Mitte das Nachbarskind, rechts ich. Hana räuspert sich, legt den Pass und den Brief auf den Tisch.

»Ja?«, fragt die Sachbearbeiterin.

»Das ist die Ladung«, sagt Hana, bleibt einen halben Meter vor uns stehen, ganz nah am Tisch, hinter dem die Sachbearbeiterin sitzt. Mit ihren langen Nägeln zieht sie den Brief zu sich, liest nur kurz, schaut dann auf, erst zu Hana, dann zu mir, dann zum Kind.

»Wo sind die gesetzlichen Vertreter?«, fragt sie.

»Aus medizinischen Gründen derzeit verhindert«, sagt Hana, ohne auch nur kurz zu zögern. Woher hat sie das alles, wer hat ihr das beigebracht, wo lernt man, so zu reden.

»Und Sie sind?«, fragt die Sachbearbeiterin. Sie lässt sich nicht anmerken, ob sie genauso beeindruckt von Hana ist wie ich, sondern schaut nur weiter auf ihren Bildschirm.

»Ich war vor zwei Wochen schon dabei«, sage ich. Die Sachbearbeiterin schaut kurz zu mir, dann wieder zurück zum Bildschirm.

»Wo ist die Vollmacht«, sagt sie.

»Wie gesagt«, setzt Hana an, »aus medizinischen ...«

»Ohne Vollmacht könnte jeder da hereinspazieren und irgendwas behaupten«, unterbricht die Sachbearbeiterin sie.

»Das verstehen wir natürlich«, sagt Hana, »aber in diesem speziellen Fall ...«

»Spezialfall gibt's nicht«, unterbricht die Sachbearbeiterin sie wieder. »Entweder Sie haben eine Vollmacht von den gesetzlichen Vertretern oder nicht. Wenn nicht, dann können Sie wieder gehen, draußen warten acht andere Antragsteller.« Sie funkelt Hana an, vielleicht war es doch eine schlechte Idee, Hana reden zu lassen. Sie lässt sich das sicher nicht gefallen.

»Hören Sie«, sagt Hana lauter als davor, von schräg hinten sieht sie aus, als würde sie gleich auf den Tisch hüpfen, ihr ganzer Körper ist angespannt. Die Kollegin der Sachbearbeiterin, die die ganze Zeit am Tisch daneben unbeeindruckt auf ihrer Tastatur herumgetippt hat, hört auf mit dem Tippen, schaut zu Hana, wie wir alle. »Wir wollen doch alle fertig werden, oder?«, sagt Hana, es klingt wie eine Drohung. Die kleine Nachbarskindhand schmiegt sich in meine. Ich will mich umdrehen, die Tür aufreißen, mit dem Kind an der Hand rennen, bis wir daheim sind, das Schloss austauschen lassen, nie wieder die Tür aufmachen. Aber ich bleibe stehen, drücke die Kinderhand fest.

»Wir haben einen gesetzlichen Auftrag«, erwidert die Sachbearbeiterin so kalt wie Hana.

»Und wir haben ein Recht auf die Berücksichtigung spezieller Bedürfnisse.«

»Welche speziellen Bedürfnisse? Dass die gesetzlichen Vertreter sich zu fein sind, um selber herzukommen?«

»Bitte?« Ich sehe, wie Hana die Fäuste ballt. Was ist ihr Plan? Warum stehen wir noch da, wenn wir schon lange verloren haben? Will Hana, dass sie gleich die Polizei holen? Dass sie uns einsperren, weil wir Beamte beleidigt haben?

»Glauben S', wir sind auf der Nudelsuppe dahergeschwommen? Glauben S', wir sehen das zum ersten Mal?« Die Sachbearbeiterin verschränkt die Arme, schaut dann grinsend zu ihrer Kollegin, die mitgrinst. »Die Eltern bringen nichts zusammen und schicken irgendwen anderen, das haben wir jeden zweiten Tag. Und das«, sie schaut auf den Brief vor sich, »das ist die zweite Ladung, wir haben Ihnen schon einen Fristaufschub gewährt. Sie können also den Herrschaften Eltern ausrichten, dass es Zeit wird, die Nachweise für den gesicherten Lebensunterhalt nachzureichen, sonst müssen wir den Fall weiterleiten.« Sie macht eine theatralische Pause, löst die Arme aus der Verschränkung. »Ans BFA«, sagt sie, als wäre es ganz normal, diese Abkürzung zu kennen. Hana atmet laut aus.

»Was soll denn der Fall beim BFA?«, fragt sie.

»Prüfung«, sagt die Sachbearbeiterin.

»Welche Prüfung?«

»Ob der Aufenthaltstitel entzogen wird.«

»Wegen einem verpassten Termin? Das ist doch unverhältnis…« Hanas Stimme ist immer noch laut, aber jetzt klingt sie nur noch verzweifelt.

»Es wurden mehrere Ladungen verschickt«, unterbricht die Sachbearbeiterin sie.

»Aber die Post hat ja nicht funktioniert«, erwidere ich rau. Die Kinderhand in meiner ist ganz warm.

»Offensichtlich schon, die Ladung haben Sie ja bekommen«, sagt die Sachbearbeiterin triumphierend mit Blick auf unseren Brief. Alles strudelt abwärts, wie kommen wir da wieder raus, wo zur Hölle sind die Nachbarskindeltern, warum haben sie vor diesem ganzen Debakel niemanden um Hilfe gebeten, der sich auskennt.

»Wie viel Zeit haben wir denn?«, fragt Hana leiser. Die Kollegin der Sachbearbeiterin fängt wieder mit dem Tippen an, vielleicht hat sie sich mehr erhofft, ein richtiges Schreiduell oder Tränen.

»Bis Ende nächster Woche«, antwortet die Sachbearbeiterin, wendet sich wieder dem Bildschirm zu. »Parteienverkehr ist am Freitag von acht bis zwölf Uhr.«

»Per Post oder Mail nachreichen?«, fragt Hana so leise, dass ich sie kaum verstehe. Als wäre ihr die Lautstärke ausgegangen, als hätte sie nur noch ein bisschen Stimme übrig.

»Beides möglich.«

»In Ordnung, wir kümmern uns darum.«

»Und nur Bevollmächtigte können nachreichen«, fügt die Sachbearbeiterin hinzu, fixiert Hana dabei. Wenn sie uns damit klarmachen will, dass sie auf voller Linie gewonnen hat, hat sie es geschafft.

»In Ordnung«, sagt Hana tonlos, dreht sich um, geht uns voraus aus der Tür hinaus, das Gesicht ganz rot, Tränen in den Augen. Wir gehen ihr nach, das Nachbarskind zieht mich hinter sich her, die Tür fällt hinter uns zu. Hana geht nicht Richtung Lift, sondern tiefer in das Gebäude hinein, wo will sie hin, wir sollten doch schauen, dass wir so schnell wie möglich rauskommen aus diesem Wahnsinn. Hana wird immer schneller, wir kommen kaum mit, das Kind hält immer noch meine Hand oder ich halte noch immer die Kinderhand, wer kann das jetzt noch sagen. Ein paar Meter vor uns reißt Hana auf einmal die Tür zum Behindertenklo auf, geht hinein, die Tür knallt zu. Ich schaue zum Nachbarskind hinunter, sehe erst jetzt, wie erschrocken es dreinschaut.

»Müssen wir uns auch verstecken?«, fragt es, lässt meine Hand los. Ich habe Lust, gegen die Tür zu hämmern, bis Hana uns hineinlässt, dann so lange gemeinsam drinnen eingeschlossen zu bleiben, bis die Nachbarskindeltern das Kind abholen, bis alles irgendwie wieder so wird wie davor.

»Na, die Hana braucht nur kurz«, sage ich.

»Was macht sie?«

»Das weiß ich nicht so genau.«

»Wer ist BFA?«

»Das weiß ich leider auch nicht.«

»Weiß die Hana mehr als du?«

»Ja, die Hana weiß viel mehr.«

»Weiß die Hana, wer BFA ist?«

»Sie sagt's uns sicher gleich.«

»Sie soll schneller weinen.«

»Wer hat gesagt, dass sie weint? Vielleicht ist sie nur am Klo.«

»Beim Rausgehen hat sie aber schon geweint.«

»Mh«, sage ich, mir fällt nichts mehr ein. Das Nachbarskind schaut mich durchdringend an.

»Kann ich bei dir bleiben?«, fragt es.

»Wie, bei mir? Du bist eh bei mir, oder?«

»Wenn sie nicht wiederkommen.«

»Sie kommen sicher bald wieder, deine Eltern.«

»Aber wenn nicht, kann ich dann bei dir bleiben?« Das Kind blinzelt schnell hintereinander. Ich kann es doch jetzt nicht anlügen, ich kann doch nicht so tun, als würde das gehen, für immer mein Nachbarskind bei mir wohnen lassen, ein Kind, das eigentlich gar nicht mehr in Österreich sein darf, wenn ich das richtig verstanden habe.

»Ich …«

»Also nein«, sagt es enttäuscht, schaut mich immer noch ganz fest dabei an.

»Doch, sicher«, erwidere ich schnell, atme tief durch, einmal, zweimal, dreimal. Vielleicht ist es gar keine Lüge, vielleicht gibt es ja irgendeinen Weg, vielleicht hilft mir irgendwer dabei, Berta kennt halb Wien, dann kennt sie sicher auch jemanden im Jugendamt, irgendwen, der sich schmieren lässt, der beide Augen zudrückt. Ich könnte ein bisschen mehr Gehalt verlangen, ein größeres Bett davon kaufen, eines aus Holz. Hana könnte mir beibringen, wie sie diese Weckerl backt, Janosz könnte einen kleinen Kinderschreibtisch besorgen. Ich könnte Mama fragen, ob sie noch ein dunkles Tuch übrig hat, damit ich es an die Decke über das neue Bett hängen kann.

»Okay«, sagt das Kind leiser.

»Okay«, wiederhole ich, räuspere mich, dann klopfe ich vorsichtig an die Tür. Ohne Hana geht es nicht.

»Hana, komm, wir gehen«, sage ich. Das Nachbarskind holt mit einer Faust aus, knallt sie gegen die Tür. Nichts passiert. »Bitte, Hana, wir brauchen dich«, sage ich. Das Schloss dreht sich, die Tür geht auf. Hanas Augen sind rot, ihre Haare streng zusammengebunden, sie ist blass. Wie eine junge Anwältin mit arger Allergie schaut sie aus.

»Entschuldigt bitte«, sagt sie, ihrer Stimme hört man das Weinen noch an. Ich überlege kurz, ob ich sie fragen soll, was sie geglaubt hat, als wir hergekommen sind. Ob sie gedacht hat, dass sie uns wirklich einfach so rettet, weil es doch nur ein blödes Missverständnis war. Sie hätte es doch wissen müssen, wenn sie früher auch schon da war. Aber was würde es bringen, sie das jetzt alles zu fragen. Vorbei ist vorbei, verloren ist verloren.

»Nicht so tragisch«, lüge ich. Sie schaut von mir zum Kind, schenkt ihm eine traurige Version ihres Hana-Lächelns.

»Wir finden deine Eltern und dann eine Lösung«, sagt sie. Das Kind nimmt wieder meine Hand, sagt nichts. Wem soll es auch glauben, wen kann es noch ernst nehmen, diese tieftraurige Hana sicher nicht.

»Können wir Bim fahren?«, fragt es mich.

»Sicher.«

»Kann ich mitkommen?«, fragt Hana.

»Sicher, ich ruf die Berta gleich an. Dann sag ich ihr einfach, dass wir nicht kommen, weil wir krank sind, okay?«

»Okay«, sagt Hana zögernd. Wahrscheinlich hat sie Berta noch nie angelogen, wahrscheinlich lügt sie überhaupt sehr selten.

Berta stellt keine Fragen, sie nimmt die Lüge einfach hin, wünscht uns keine gute Besserung, lässt mich nur Grüße an Mama ausrichten, nicht an Hana. Wir gehen zurück zum Lift, rechts neben mir das Nachbarskind, das immer noch meine Hand hält, links Hana, die wieder Farbe im Gesicht hat, aber immer noch traurig dreinschaut. Als die Lifttür zugeht, berührt Hanas Handrücken meinen. Ich schaue weiter geradeaus, während ich meine Hand langsam drehe. Vorsichtig legt sich ihre Hand in meine, unsere Finger verschränken sich. Ich würde mich gerne zu ihr drehen, damit ich sie fragen kann, ob sie gemeinsam mit dem Kind und mir in Mamas Wohnung fahren will. Ob sie mit uns das Meer von unten anschauen mag. Ich will ihr sagen, dass sie mir ruhig erzählen kann, was genau sie so traurig macht, warum sie so geweint hat, obwohl es gar nicht um sie ging. Wie das alles gleichzeitig geht, wie sie an einem Tag so unumstößlich fröhlich und am Tag darauf so niedergeschlagen sein kann.

Die Lifttür geht auf, Hana löst ihre Hand aus meiner, das Kind auch, wir steigen aus. Ich versuche, Hanas Blick einzufangen, aber schaffe es nicht. Wortlos gehen wir zur Zweier-Station, von da aus schaut das MA-35-Gebäude wieder aus wie irgendein fades Bürogebäude.

»Hana, wer ist BFA?«, fragt das Nachbarskind.

»Das Bundesamt für Fremdenwesen und Asyl«, sagt Hana, ihre Stimme klingt fast wieder normal, nur noch ein bisschen belegt.

»Und was machen die?«

»Nur Mist.«

»Schicken die die Polizei?«, fragt das Nachbarskind. Hana räuspert sich, schaut zu mir, als ob sie fragen wollte, was gescheiter ist, ehrlich sein oder nicht.

»Manchmal«, antwortet sie. Das Kind schaut von Hana zu mir, dann wieder zu Hana.

»Ich hab Hunger«, sagt es.

»Was magst du essen?«, frage ich.

»Ich will zum Mäcci. Da, wo früher das Zuckerlgeschäft war.«

»Okay.«

Die Bim kommt viel zu schnell beim Schwedenplatz an. Das Nachbarskind bestellt einen Toast und Cola, Hana sagt nichts dazu, obwohl es erst halb zehn in der Früh ist. Ich bestelle einen Kaffee, Hana auch. Wir trinken schweigend, Hana schaut mich ab und zu an, ich weiß nicht, was sie mir mit ihren Blicken sagen will.

»Hättest du lieber einen Bruder oder eine Schwester?«, fragt Hana das Kind auf einmal.

»Es ist eh schon klar«, antwortet es kauend.

»Was es wird?«

»Ja.«

»Und, was wird es?«

»Das bringt Unglück, wenn ich das verrate.«

»Sagt wer?«, fragt Hana.

»Meine Mama.« Das Nachbarskind hat den Toast und den halben Liter Cola schneller fertig, als wir den Kaffee trinken konnten. »Gehen wir?«, fragt es.

»Gleich«, sage ich.

»Musst du nicht erst mal aufs Klo nach so viel Cola?«, fragt Hana mit Blick auf den leeren Becher. Das Kind schaut sie kurz nachdenklich an, steht dann wortlos auf, folgt dem WC-Schild, geht die Stufen hinauf.

»Connie«, sagt Hana eindringlich, leise. Alles wie heute in der Früh, wieder ist das Nachbarskind am Klo, wieder steht Kaffee vor uns.

»Mh?«

»Bist du so ruhig oder tust du nur so?«

»Ich bin wirklich ruhig, Hana.«

»Aber wie kann dich das so kaltlassen?«

»Tut es eh nicht. Ich will es nur nicht schlimmer machen.«

»Bitte?«

»Sorry, ich mein …«

»Ich hab's wenigstens versucht«, sagt sie. »Irgendwer muss denen ja Paroli bieten.«

»Schon, aber gebracht hat's leider nix. Jetzt müssen wir uns halt was anderes überlegen.«

»Was denn, mh?« Sie schaut mich herausfordernd an. Was ist los mit ihr, wie viele Hanas gibt es noch in diesem großen Lockenkopf.

»Uns wird schon was einfallen, wir sind ja nicht allein.«

»Das ist keine Katze, Connie. Das ist ein Kind, da kann man sich nicht einfach irgendwas überlegen.«

»Das weiß ich schon.«

»Sicher?«

»Was willst mir sagen, Hana?« Gleich ist sie weg, die Ruhe, gleich zerbricht alles.

»Nichts«, antwortet Hana, »nur, dass du nicht die Mutter bist, Connie. Du bist einfach eine zu liebe Nachbarin, die da irgendwie hineingerutscht ist. Aber das ist die Verantwortung der Eltern, dass das alles funktioniert, dass ihr Kind einen Aufenthaltstitel hat und in die Schule gehen kann. Nicht deine und bestimmt nicht die von einem Volksschulkind.«

»Eh«, sage ich, was soll ich auch sonst sagen, sie hat ja recht, alles ist ein Zufall, das Kind, Hana, ich. Alles, was dazu geführt hat, dass wir zu dritt im Mäcci sitzen, an einem Freitag im Frühling, der noch kein Frühling ist.

»Das ist auch wirklich rührend und gar nicht selbstverständlich, versteh mich nicht falsch«, meint Hana, »aber du kannst nicht einfach dein Nachbarskind adoptieren, das wäre ja der helle Wahnsinn.«

»Schon klar.«

»Oder hast du das gemeint vorhin?«

»Mh?«

»Damit, dass wir uns was anderes überlegen müssen.«

»Na, na«, lüge ich.

»Gut.« Ich trinke den Rest Kaffee. Bei Hana daheim hat er besser geschmeckt, besser als bei mir, besser als überall sonst. »Wir müssen die Eltern finden«, sagt Hana, »bevor das BFA übernimmt.«

»Wieso, was genau passiert dann?«

»Nichts Gutes. Die haben nicht umsonst so einen Namen.«

»Woher weißt du das?« Hana lächelt traurig.

»Meine Eltern kennen viel zu viele Leute, die abgeschoben worden sind. Weil immer irgendetwas nicht gepasst hat, die Versicherung oder die Miete oder andere Papiere, was weiß ich«, sagt sie. »Und wenn du einmal draußen bist, ist es schwer, wieder reinzukommen, wieder Fuß zu fassen. Wenn sie dich überhaupt reinlassen.«

»Aber das ist ja jetzt was anderes bei uns«, sage ich, »wir wissen ja nicht …« Das Kind kommt die Stufen heruntergepoltert, ich höre auf zu reden. Kurz muss ich lächeln, weil es doch eigentlich gar nicht sein kann, dass ein so kleiner Mensch einen solchen Lärm produzieren kann. Hana hat recht, es wäre heller Wahnsinn. Aber vielleicht ja hell genug.

DREIZEHN

Am Samstagmorgen kommt Hana früher in meine Wohnung als sonst. Sie schaut nicht mehr so fertig aus wie gestern, aber immer noch durch den Wind. Wir fangen an zu frühstücken, irgendwann kommt das Kind dazu, setzt sich auf die Küchenbank, Minze daneben. Selbst als ich Katzenfutter in Minzes Schale kippe, rührt sie sich nicht vom Fleck.

»Sie mag mich lieber wie dich«, meint das Nachbarskind.

»Ja, das glaub ich auch.«

»Kriegt sie irgendwann Babys?«

»Na, die Minze ist sterilisiert, die kriegt nie Babys.«

»Wieso willst du, dass sie Babys kriegt?«, fragt Hana.

»Weil die ganz klein wären und die könnte man verkaufen, für einen Haufen Geld«, antwortet das Kind, während es jedes von Hanas Weckerln einzeln in die Hand nimmt, um sie wieder in die Schüssel fallen zu lassen.

»Und dann?«, fragt Hana.

»Und dann könnten wir noch mehr Katzen kaufen.« Der Gedanke gefällt mir, überall Katzen, in meiner Wohnung, am Gang, in der ganzen Stiege, draußen im Innenhof. Ich schaue hinaus, es nieselt.

»Hoffentlich ist heute wenig los, bei dem Wetter«, sagt Hana, die meinem Blick gefolgt sein muss.

»Es ist Samstag«, erwidere ich.

»Und?«

»Am Samstag ist das Wetter egal. Am Samstag sind alle da.«

»Vielleicht ja heute ausnahmsweise nicht«, sagt Hana, schaut weiter aus dem Fenster.

»Mach dir keine Hoffnungen.«

»Sowieso nicht.« Sie klingt, als wäre sie ganz woanders, als hätten wir sie gestern im MA-35-Klo stehen lassen.

»Aber wir sind fast voll besetzt in der Küche, dann wird's nicht so arg«, sage ich, vielleicht macht ihr das Mut.

»Stimmt.« Sie schaut vom Fenster zu mir, dann zum Nachbarskind, das sich endlich für eines der Weckerl entschieden hat. Minze sitzt immer noch daneben, hat sich aber mittlerweile hingekauert, fixiert Hana und mich mit halb offenen Augen. Ich schaue aufs Handy, Janosz hat eine Nachricht geschrieben. *Kommst du heute oder lässt du uns wieder im Stich?* Ich drücke die Nachricht weg.

»Ist was?«, fragt Hana.

»Nur der Janosz.«

»Was braucht er denn?«

»Er will wissen, ob ich komme.«

»Verstehe.«

»Kann er mir noch mal Frühstück machen?«, fragt das Kind kauend.

»Wir essen gerade Frühstück«, sage ich.

»Aber wir essen immer das Gleiche. Ich will noch mal ein Ei und Speck und so.« Hana schaut irritiert vom Nachbarskind zu mir.

»Wie, noch mal?«, fragt sie.

»Nix, nix«, antworte ich schnell. Das Kind grinst, zuckt mit den Schultern. Hana schüttelt den Kopf, trinkt einen Schluck, schaut auf ihre Uhr.

»Wir sollten bald los.«

»Und ich?«, fragt das Nachbarskind.

»Du kannst eh da bei mir bleiben, die Minze freut sich sicher«, sage ich.

»Das ist fad, ich will nicht dableiben.«

»Was ist denn mit dem Andin?«

»Weiß ich nicht.«

»Hast du seine Nummer? Wir können ja anrufen oder so.«

»Ich mag mit euch mit.«

»Was willst du denn in der Küche?«

»Weiß ich nicht.«

»Was machst du denn normalerweise gerne am Wochenende?«, fragt Hana.

»Nix. Ich mag mit euch mit.«

»Wir können dich nicht einfach mitnehmen«, erwidert Hana.

»Doch.«

»Nein.«

»Doch, die Connie …«

»Okay, dann komm halt mit«, unterbreche ich die Diskussion. Triumphierend grinst das Kind Hana an, sie schüttelt den Kopf.

»Und wie genau stellst du dir das vor?«, fragt sie mich.

»Das überlegen wir uns noch«, sage ich, stehe auf, »wird schon irgendwie gehen.«

Berta schaut erst das Nachbarskind prüfend an, dann Hana, dann mich. Wir stehen alle vor dem Tresen, Berta hält ein Mikrofasertuch in der Hand, mit dem sie gerade noch Biergläser poliert hat. Das Glas hat sie abgestellt, zu gestern hat sie nichts gesagt.

»Und wo sind die Eltern?«, fragt sie mich.

»Unterwegs«, antworte ich.

»Und es gibt keine Omas oder Tanten?«

»Die sind weit weg«, sagt das Kind. Berta schaut es lange an, dann wieder mich.

»Wir sind ein Gasthaus, kein Hort. Das weißt ganz genau, Connie.«

»Nur heute, Berta, bitte«, sage ich, »ich war doch früher auch manchmal da, nach der Schule zum Beispiel.«

»Aber deine Mama ist immer gekommen, Connie. Früher oder später ist sie aufgetaucht, oder einer von ihren Spezln, weißt eh. Die Leute da«, sie macht eine Bewegung mit dem Kinn Richtung Nachbarskind, »die kenn ich nicht einmal.«

»Es ist nur heute«, entgegne ich.

»Das sagen's alle.«

»Versprochen«, meint das Kind. Berta schaut es noch einmal nachdenklich an, nimmt dann das Glas wieder auf, fährt einmal ringsherum über den Rand.

»Erstes und letztes Mal«, sagt sie dann.

»Danke«, antworten Hana und ich gleichzeitig.

»Und ja nix kaputt machen«, sagt Berta, dreht sich um, stellt das Glas auf die Ablage, holt das nächste aus dem Glasgeschirrspüler. Das Nachbarskind setzt sich ohne nachzufragen an einen Ecktisch, Hana und ich gehen nach hinten.

Im Lagerraum lehnt Hana sich von innen gegen die Tür.

»Connie, ich …«

»Ich weiß es eh, Hana«, unterbreche ich sie beschwichtigend, bevor sie wieder mit ihren hundert Sorgen anfangen kann, mit ihrem Was-wäre-wenn. Sie seufzt, kommt von der Tür zu mir, stellt sich wie ich vor unseren Spind.

»Heller Wahnsinn«, sagt sie. Ich weiß nicht, ob sie noch das Kind meint oder schon den Spind, in dem Chaos herrscht.

»Ich weiß«, antworte ich, weil sie recht hat, egal, was sie genau meint. Hana sagt nichts mehr. Wir ziehen uns nebeneinander um, sie ist schneller beim Ausziehen, ich schneller beim Anziehen.

»Hoffentlich eins ohne Löcher«, sage ich, halte ihr ein Haarnetz hin, gehe dabei einen Schritt näher zu ihr hin.

»Danke, Connie«, antwortet sie, »aber warte mal kurz.« Sie kämpft mit dem Vorbinder.

»Richtig fest zuschnüren, lockern tut er sich von alleine.«

»Wie denn?«

»So, schau.« Ich gehe noch einen Schritt auf sie zu, stecke mir ihr Haarnetz in die Hosentasche, nehme ihr die Vorbinderschnüre aus den Händen, ziehe fest an beiden gleichzeitig. Hana atmet laut einen Stoß Luft aus.

»So fest machst du das?«

»Ja, sonst muss man in einer Tour nachbinden. So musst kein einziges Mal nachbinden.«

»Und wieso zeigst du mir das erst jetzt?«, fragt sie, während ich die beiden Schnüre fest doppelt an der Seite zuknote. Alles riecht nach Hana, nach Seife und Brot, obwohl sie doch gerade wie ich eine komplette Montur Küchengewand angezogen hat. »Connie?«

»Mh?« Ich lasse die verknoteten Schnüre los, schaue sie an, kein halber Meter zwischen uns.

»Wieso du mir das nicht früher gezeigt hast mit dem Vorbinder.« Ihre Nasenspitze zeigt leicht nach rechts, erst jetzt kann ich das sehen. Ich blinzle, schaue weg von ihrer Nase, auf die Wand hinter ihr, gehe einen Schritt zurück.

»Sorry, das hab ich wahrscheinlich einfach vergessen.« Meine Stimme klingt zu hoch, irgendwie künstlich. »Sorry«, sage ich noch einmal.

»Macht ja nichts, jetzt weiß ich es ja.« Hana lächelt ihr Hana-Lächeln, warm, schön, zuversichtlich, als gäbe es kein Nachbarskind, keine MA 35, keinen kaputten Spind in einem chaotischen Lagerraum. Ich lächle zurück, trotz Knoten im Hals. Hana breitet ihre Arme aus, ich gehe den Schritt, den ich eben zurückgegangen bin, wieder auf sie zu, mein Kopf neben ihrem Kopf, mein Kinn auf ihrer Schulter, ein paar ihrer Locken in meinem Gesicht. Ihre Arme um meinen Rücken, ich lege meine Arme vorsichtig auch um ihren, atme flach ein, was mache ich da, was soll noch alles passieren in dieser verrückten Woche.

Das Kind und Berta draußen in der Stube fallen mir ein, dann Janosz, der sicher schon in der Küche steht, dann Hakim, dem ich nicht mehr geantwortet habe, dann Mama, die vielleicht gerade in ihrem Bett liegt, um angesoffen auf das blaue Tuch zu starren. Was würden sie alle sagen, wenn sie mich so hier stehen sehen könnten, angelehnt an Hana, Herzklopfen bis in die Ohren. Ich mache die Augen zu, kurz Ruhe in mir.

»Komm, wir müssen los«, sagt Hana leise. Ich nicke, löse mich von ihr, schaue wieder auf ihre schiefe Nasenspitze.

»Okay.« Ich gehe einen Schritt zurück, dann noch einen. »Danke.«

»Immer«, sagt Hana, »wir müssen doch zusammenhalten, du und ich.« Sie streicht sich die Strähne hinters Ohr, die gerade noch in meinem Gesicht war. Ich ziehe das Haarnetz aus der Hosentasche, gebe es ihr, sie zieht es sich achtlos über die Haare. »Bereit?«, fragt sie.

»Ja«, lüge ich, kurz würde ich gerne noch durchatmen, die Augen noch einmal zumachen, mich an den Spind lehnen oder mich auf den Stapel mit dem frischen Gewand setzen, aber Hana ist schon bei der Lagerraumtür. Ich gehe ihr hinterher, meine Füße federn komisch auf dem Boden. In der Küche steht Janosz vor dem Herd, rührt in einem großen Topf, es riecht nach Knoblauch und Lorbeer.

»Geht's dir gut, Hana?«, fragt er, schaut nur sie an.

»Ja, alles wieder gut«, antwortet Hana.

»Freut mich«, sagt Janosz, dann schaut er wieder in den Topf.

»Was gibt's denn?«, frage ich. Er zuckt nur mit den Schultern. Hana schaut mich fragend an, ich schüttle den Kopf, sie geht Richtung Salatstation. Janosz schaut auf, wartet, bis sie hinter der Ecke verschwunden ist.

»Bist du jetzt komplett übergeschnappt?«, zischt er, fertig schaut er aus, Augenringe, aufgedunsene Wangen.

»Wieso ich?«

»Weil die Berta mir gerade erzählt hat, dass du dein Nachbarskind mitgebracht hast.«

»Mir ist nix Besseres eingefallen, ich …«

»Wie du die Matura geschafft hast, weiß ich wirklich nicht«, unterbricht er mich.

»Was ist'n dein Problem? Warum musst grad du jetzt gegen mich sein?« Kurz schaut Janosz mich erschrocken an, dann verschränkt er die Arme vor der Brust.

»Ich bin nicht gegen dich, Connie«, sagt er, »ich will nur nicht, dass du dir alles versaust. Wegen irgendeinem Kind.«

»Es ist nicht irgendein Kind.«

»Doch, Connie, ist es schon. Du kannst nicht mit irgendeinem Kind wettmachen, was deine Mutter bei dir verschissen hat, das kannst du mir glauben.« Er räuspert sich. »Entschuldigung«, fügt er dann leiser hinzu, »so wollte ich das nicht sagen. Aber irgendwer muss es halt sagen. Irgendwer, der dich kennt.« Ich will erwidern, dass er mich nicht so gut kennt, wie er denkt. Dass jahrelang nebeneinander arbeiten noch lange nicht heißt, dass man Therapeut spielen darf. Dass er keine Ahnung hat, was alles passiert ist in den letzten Tagen. Dass er eigentlich gar keine Ahnung mehr hat, was mit mir ist. Aber ich sage nichts, weil er so traurig dreinschaut. Irgendetwas ist komisch, verrutscht.

»Ist was passiert?«, frage ich so leise wie er.

»Wo?«

»Bei dir.«

»Nein.«

»Aha.« Er rührt wieder im Topf, ich höre es blubbern, im Hintergrund Kühlschranktürschlagen von Hana.

»Nur die Sveti«, sagt Janosz Richtung Topf.

»Was ist mit ihr?«

»Ist jetzt auch egal, Connie.«

»Na, ist nicht egal. Geht's ihr nicht gut?«

»Doch, ihr geht es super. Aber ...« Er wischt sich mit dem Ärmel über das Gesicht, Schweiß oder Tränen oder beides. »Aber sie ist sich jetzt ganz sicher, dass ich das Problem bin«, sagt Janosz noch leiser als vorhin, das Blubbern übertönt ihn fast.

»Heißt das, sie ist weg?«

»Jetzt ist sie erst einmal heim nach Serbien, sie hat sowieso gerade Urlaub.«

»Und dann?«

»Weiß ich nicht, Connie. Ich weiß es wirklich nicht.« Wie er mich so anschaut, erinnert er mich an das Nachbarskind gestern in der MA 35, vor dem Klo. Müssen wir uns auch verstecken. Vielleicht hätte ich Ja sagen sollen. »Und du?«, fragt Janosz.

»Mh?«

»Warum schaust du so fertig aus? Und was ist gestern überhaupt los gewesen?«

»Ich hab nur schlecht geschlafen, sonst nix.«

»War die Hana in der Nacht bei dir, oder was?« Er grinst nicht wie sonst, sondern schaut mich ganz offen an, ohne Bewertung.

»Na, Janosz, war sie nicht.«

»Hättest du das gerne gehabt?« Jetzt grinst er.

»Lass es gut sein«, sage ich, tätschle ihm die Schulter. Wie lange ist es her, dass er in meiner Wohnung war, unter meiner Dusche, in meinem Bett. Nicht lange. Ewig.

»Connie? Kannst du kurz kommen?«, ruft Hana von hinten. Ich schaue Janosz an, er nickt.

»Geh ruhig«, sagt er, »wir reden später beim Rauchen.«

»Okay.« Ich gehe los, kleine schnelle Schritte, bis ich in der Salatstation bin. Hana steht vor dem offenen Kühlschrank.

»Irgendwas stinkt«, sagt sie.

»Nach was?«

»Keine Ahnung, aber so hat es noch nie gestunken, zumindest nicht, seit ich da bin.« Ich stelle mich neben sie, der Kühlschrank schaut harmlos aus, stinkt aber schrecklich. Wir ziehen beide Handschuhe an, räumen ihn aus, Kübel um Kübel, Box um Box. Ganz hinten ein Camembert, der an der Kühlschrankwand pickt, an den Rändern gelbgrün ausgefranst. Ich packe ihn, es ist lange her, dass so etwas passiert ist, vielleicht war ich zu nachlässig die vorigen paar Male beim Kühlschrankputzen. Der Camembert gibt nach, liegt kühl in meiner Hand. Dort, wo er davor an der Kühlschrankwand gepickt ist, geht das Gelbgrün in Schwarz über, es stinkt mit einem Schlag noch mehr als gerade eben noch. Hana dreht sich weg, hastet zum kleinen Waschbecken, würgt.

»Alles okay?«, frage ich. Sie schüttelt den Kopf, hält ihn über das Waschbecken gebeugt. Der Kühlschrank fängt an zu piepsen, weil er schon zu lange offen steht. Schnell mache ich ihn zu, lasse den Camembert samt Handschuhen in den Mistkübel fallen, gehe auch zum Waschbecken, wo Hana noch immer würgt, aber immerhin nicht speibt. Vorsichtig streiche ich ihr über den Rücken, höre wieder auf, wem bringt dieser Kitsch etwas, sie braucht Wasser, sonst nichts. Ich greife über ihren Kopf, drehe den Wasserhahn auf.

»Trink was, dann geht's wieder«, sage ich. Hana zögert kurz, dann hält sie ihren Mund direkt in den Wasserstrahl, Wasser rinnt ihr über das ganze Gesicht, das Würgen hört auf. Nach ein paar schiefen Schlucken richtet sie sich auf, wischt sich über das Gesicht, immer noch hat sie die Handschuhe an.

»Entschuldige bitte«, sagt sie, »das ist mir noch nie passiert.«

»Macht doch nix, passiert jedem von uns, immer wieder sogar.«

»Dir auch?«

»Ja.« Ich kann ihr nicht von den Maden im Fleisch erzählen, die wir im vorigen Sommer hatten, sonst speibt sie wirklich. Glücklicherweise fragt sie nicht nach, sondern zieht sich angewidert die Handschuhe aus, schmeißt sie in den Mistkübel, schaut mich dann ernst an.

»Du bist wirklich ein besonderer Mensch, Connie«, sagt sie. Ich weiß nicht, was ich antworten soll.

»Okay«, sage ich deshalb, schlucke, räuspere mich. Hanas Wange ist immer noch nass, ihr Haarnetz verrutscht, das Lächeln passt nicht dazu, passt überhaupt nicht in diese Küche, zu diesem verschimmelten Kühlschrank. »Ich mach ihn sauber«, sage ich mit Blick auf den Kühlschrank.

»Danke. Was kann ich in der Zeit machen?«

»Den Ofen vorheizen. Und die Tomaten und Gurken holen.«

»Wird erledigt.« Sie wischt sich über das Gesicht, rückt das Haarnetz zurecht, geht los, kleine schnelle Schritte. Ich schaue auf die Kübel und Boxen, die neben und auf dem Kühlschrank stehen, zähle sie durch, siebzehn, dann noch einmal, achtzehn. Wer ist bitte ein besonderer Mensch? Warum sagt sie mir das? Noch einmal zähle ich durch, siebzehn, dann hole ich den Kühlschrankreiniger und einen neuen Schwamm aus dem Kästchen neben dem Waschbecken, stelle mich vor den Kühlschrank, atme tief ein, halte die Luft an, reiße die Kühlschranktür auf.

Die verschimmelten Reste sind hartnäckig, der Kühlschrank surrt mir ins Ohr, wer ist ein besonderer Mensch und wer keiner, der gelbgrüne Rand weicht auf, rinnt die hintere Kühlschrankwand hinunter. Ich atme aus, dann durch den Mund wieder ein, der schwarze Schimmel gibt nach, Millimeter für Millimeter, der Kühlschrank fängt wieder an zu piepsen, ich mache ihn zu, dann wieder auf. Irgendwann ist es geschafft, ich mache den Kühlschrank zu, lehne mich kurz dagegen, schließe die Augen, was sollen wir machen, wenn die Polizisten in den Gemeindebau kommen, wenn sie nach dem Nachbarskind fragen oder nach den Eltern, lügen wir oder rennen wir oder …

»Connie?«, fragt Janosz, ich mache die Augen auf, er steht in der Tür zur Salatstation, schaut mich verwundert an.

»Mh?«

»Was machst du da?«

»Ein Käse hat arg geschimmelt, den hab ich weggekratzt.«

»Ich brauche dich dann vorne, wegen der Sauce.«

»Und die Hana?«

»Die ist draußen, ihr ist schlecht, glaube ich.«

»Okay, ich komm gleich. Ich räum noch fertig ein.« Er nickt, dreht sich um, geht weg, große Schritte, wie macht er das, wie rutscht er nicht aus. Ich staple die Kübel und Boxen, wie Lin es mir beigebracht hat, schaue, dass nichts hinten an der Kühlschrankwand ansteht, dass alles seine Ordnung hat. Als ich zu Janosz nach vorne gehe, ist immer noch nichts von Hana zu sehen.

»Sie ist noch nicht wieder zurückgekommen«, sagt Janosz, der meinen Blick gesehen haben muss. »Komm, hilf mir bitte.« Ich gehe zu ihm und seiner Sauce, er hat einen zweiten Topf neben den ersten gestellt, ein großes Sieb hängt darin. Pilzrahmsauce, erst jetzt kann ich den Geruch genau zuordnen, erst jetzt verstehe ich, was Janosz eigentlich von mir will. Ich hole Topfhandschuhe aus einer Schublade, greife mit einer Handschuhhand einen Topfgriff, mit der anderen den Siebstiel.

»Bereit?«, fragt Janosz konzentriert, auch er hat Topfhandschuhe angezogen.

»Bereit«, sage ich, gleichzeitig atmen wir tief ein, dann hebt Janosz den riesigen Saucentopf an, leert die Brühe in das Sieb, Schwammerl bleiben hängen, Karotten, Zwiebelteile, Knoblauchzehen, Lorbeerblätter, Unkenntliches. Ich kann sein Gesicht kaum sehen durch den Dampf, rüttle vorsichtig am Sieb, halte den unteren Topf weiter fest, damit er nicht davonrutscht. Das Ende ist der gefährlichste Teil, weil dann die Kraft ausgehen, weil der Saucentopf kippen, weil heiße Sauce überall landen kann. Aber Janosz lässt sich nichts anmerken, nach einer Ewigkeit stellt er den leeren Topf ab, atmet laut aus.

»Wenigstens das können wir«, sagt er, grinst erleichtert. Wir kennen die breite Brandnarbe an Sinans rechtem Arm, wegen der er fast immer langärmlig unterwegs ist. Vielleicht kann Janosz ihn immer noch schreien hören wie ich, ein Schreien gemischt mit dem Geräusch von schwerem Edelstahl auf Fliesen. Ob Andi sich noch schuldig fühlt? Er, der den Topf damals hätte halten sollen?

»Du schaust anders aus, Connie«, sagt Janosz ruhig, der Dampf hat sein Gesicht glitzernd feucht gemacht.

»Wie, anders?«

»Älter irgendwie. Ich weiß es nicht genau.«

»Mh.«

»Aber auch trauriger.«

»Ich bin nicht traurig.«

»So schaust du aber aus.«

»Vielleicht nur müde.«

»Ja, das kann sein.« Kurz habe ich Lust, ihn einfach zu umarmen, wie früher, als noch nichts so kompliziert war, als er noch glücklich mit Sveti war, als es keine Phantomkinder in seinem und keine echten Kinder in meinem Leben gab. Als das

Schwierigste war, mit Mama zurechtzukommen oder angesoffen das Trinkgeld aufzuteilen, das damals noch fünfzig-fünfzig zwischen Kellnerinnen und Küche geteilt wurde. Als Hatice noch da war. Als wir alle zufrieden waren mit dem, was war. Ein Leben ohne Bimfahren im Kreis, ohne Demos, ohne Ziehen im Nacken, ohne Diskussionen über die Zukunft.

»Hey«, reißt Hana mich aus meinen Gedanken. Wie sie da bei der Fritteuse steht, mit Blick auf Janosz und mich, als wäre es ein ganz normaler Samstag, ist mir auf einmal klar, dass es kein Zurück gibt, dass es auch gar keines geben kann. Dass ein Leben ohne Hana und das Nachbarskind nicht wirklich schöner wäre als das vor ihnen, bloß anders.

»Hey«, sage ich.

»Besser?«, fragt Janosz.

»Ja, ich hab nur ein bisschen frische Luft gebraucht«, sagt sie. »Und ihr wart fleißig?«

»Pilzrahmsauce«, antworte ich.

»Wozu gibt es die?«

»Mit Semmelknödeln und Putengeschnetzeltem.«

»Also müssen wir Knödel machen?«, fragt Hana.

»Ja.«

»Ich mach den Petersil, wenn du den Gatsch machst, Connie.«

»Okay.«

»Eine Harmonie ist das bei euch, da wird man direkt neidisch«, sagt Janosz. Ich zucke mit den Schultern, Hana grinst ihn an, dann geht sie mir voraus zu den Kühlschränken. Auf einer Ablage liegen die Säcke mit den Semmelwürfeln, alle sauber nebeneinander, Janosz' Werk. Hana holt den Petersil aus dem Kräuterfach im Kühlschrank, ich kippe einen Sack Semmelwürfel in eine riesige Edelstahlschüssel, dann noch einen.

»Machst mir bitte die Milch warm, Janosz?«, rufe ich nach vorne.

»Bring sie mir, dann ja«, ruft er zurück. Ich hole ein paar Milchpackerl aus dem Kühlschrank, trage sie nach vorne, Janosz macht sich direkt an die Arbeit. Wir sind ein gutes Team, ich mische Muskatnuss, Salz, Pfeffer in die Semmelwürfel, Hana hackt Petersil, Janosz ruft mich, als die Milch fertig ist. Ich trage die Schüssel nach vorne, stelle sie auf die Ablage, er gießt die dampfende Milch darüber. Beide schauen wir ihr zu, wie sie die erste Schicht Semmelwürfel aufweicht.

»Die Sveti hat gesagt, vielleicht liegt es ja an der Küche«, sagt Janosz, schaut nur die Schüssel dabei an.

»Was liegt an der Küche?«

»Dass sie nicht schwanger wird.«

»Was hat die Küche damit zu tun?«

»Hitze und Stress und lange Schichten. Dass es auf die Eier geht, wortwörtlich.«

»Mh.«

»Vielleicht hat sie recht.«

»Ja, vielleicht. Würdest gern was andres machen?«

»Was denn, Connie?« Jetzt schaut er mich an. »Wo soll ich denn hin?«

»Du könntest …« Mir fällt nichts ein. Hana würde sicher etwas einfallen.

»Eben.«

»Hat die Sveti keine Idee? Die kennt doch so viele Leute.«

»Was willst du mir damit sagen?«

»Nix, eh nix.« Hana ruft von hinten nach mir, ich gehe los, gleichzeitig kommt Sinan zur Tür herein.

»Und, Pupperl«, sagt er, »wieder gesund?«

»Gleich steck ich dich an, pass auf«, erwidere ich im Weitergehen.

»Wo willst denn hin?«

»Nach hinten, Knödel herrichten.«

»Zur Hana? Gibst ihr ein Busserl von mir!« Er lacht. Stumm gehe ich weiter, soll er sich doch denken, was er will. Hana steht vor einem Dutzend geteilter Zwiebel, daneben der fein geschnittene Petersil in einer kleinen Schüssel.

»Hilfst du mir?«, fragt sie, ihre Wangen sind nass, ihre Augen rot.

»Du musst Wasser in den Mund nehmen, hab ich dir das auch nie gesagt?«

»Doch, schon. Aber bisher hat es immer auch ohne funktioniert.« Sie lächelt gequält, wischt sich über das Gesicht, eine Träne fließt in ihren Mundwinkel, sie tut nichts dagegen.

»Ich kann's machen, aber dann müsstest du drüben den Salat waschen.«

»Gerne.« Kurz schaut es aus, als würde sie noch etwas sagen wollen, aber dann geht sie doch. Ich nehme Wasser in den Mund, fange an, Zwiebel klein zu schneiden.

»Seit wann hast'n du ein Kind, bitte?«, fragt Sinan, als ich ungefähr mit der Hälfte fertig bin. Ich schaue auf, er steht an den großen Fleischkühlschrank gelehnt. Ich schüttle den Kopf, deute auf meine vollen Backen. »Du bist schon arg, Connie«, sagt Sinan, »wer hätt sich das gedacht.« Ich atme tief durch die Nase ein, schlucke das Wasser hinunter, er wird nicht lockerlassen.

»Wer hätt sich das gedacht, mh?«

»Dass du ein Kind mitbringst.«

»Es ist nicht meins, es ist …«

»Das von der Hana?«

»Mein Nachbarskind, du Affe.«

»Und die Berta?«

»Mit der hab ich eh geredet.«

»Perfekt, dann bring ich ab jetzt einfach auch meine sieben Neffen und Nichten mit, denen taugt's sicher auch da bei uns.«

»Ist mir gleich.«

»Im Ernst, Connie, was rennt falsch bei dir, seit die Hana da ist?«

»Es hat nix mit der Hana zu tun. Außerdem ist das mein Bier, nicht deins. Ich hab's unter Kontrolle.«

»Du hast noch nie was unter Kontrolle gehabt, brauchst dich gar nicht anlügen. Wir kennen uns zu lang für so was.«

»Du kennst mich überhaupt nicht, Sinan. Mich gibt's auch außerhalb vom Rösch.«

»Was soll'n das jetzt heißen?«

»Lass sie in Ruhe, Sinan«, sagt Janosz, der von der Fritteuse auf uns zukommt.

»Dich hat schon einmal gar keiner gefragt«, erwidert Sinan.

»Machts euch das unter euch aus, aber lassts mich in Ruhe«, sage ich, gehe zum Waschbecken, das Knödelformen braucht viel Zeit, die wir bald nicht mehr haben. Ich nehme wieder Wasser in den Mund, gehe zurück zu den Zwiebeln, schneide weiter. Weder Sinan noch Janosz sagen irgendetwas, ich schaue schräg zu ihnen hinüber, wie dumme Bäume stehen sie da, Sinan immer noch am Kühlschrank, Janosz in der Tür, beide mit verschränkten Armen. Sie schauen zu mir, ich mache eine verscheuchende Handbewegung, sie gehen gleichzeitig.

Nach den Zwiebeln hole ich eine Palette Eier aus dem dritten Kühlschrank, schlage sie Stück für Stück in eine kleine Schüssel, mit jedem Ei wird es ruhiger in mir. Dem Nachbarskind würde das bestimmt gefallen, nicht unbedingt das Eieraufschlagen selbst, aber sicher das Schaumigschlagen danach, vielleicht sollte ich die Schüssel einfach kurz nach vorne in die Stube tragen, wenn Berta gerade am Klo ist. Aber nein, am Ende würde Sinan noch petzen, dann müsste das Kind heimgehen. Behutsam schlage ich die Eier mit dem Schneebesen schaumig, stelle mir dabei das Kind vor, wie es erst ungelenk schlägt, dann sicherer, diesen konzentrierten Blick aufgesetzt, den es auch beim Kaffeerunterdrücken hat.

»Connie, bist du bald fertig?«, ruft Janosz von vorne, wie lange schlage ich diese Eier schon, wie viel schaumiger sollen sie noch werden.

»Ja, ich komm schon!« Ich nehme die Eierschüssel mit der einen und das Brett mit den Zwiebeln in die andere Hand, die kleine Petersilschüssel stelle ich auf eine freie Ecke auf dem Brett. Vorne kippe ich alles in die riesige Semmelwürfelschüssel, während Janosz zwei Pfannenwender herauskramt. Sinan schneidet bei der vorderen Arbeitsfläche große Putenstücke in kleine Streifen, von Hana ist nichts zu hören.

»Der Andi kommt heute früher, hat er zumindest gestern gesagt«, meint Janosz, während er mit den zwei langen Pfannenwendern die Knödelmasse grob durchmischt. Ich gehe zum Waschbecken, schiebe mir die Ärmel bis über die Ellenbogen hinauf, wasche Unterarme und Hände mit Seife ab.

»Und warum soll mich das interessieren?«, frage ich.

»Wegen dem Kind.«

»Und ich soll's vor dem Andi verstecken, oder wie?« Sinan schneidet einfach weiter Streifen von einer Putenbrust ab, zuckt mit den Schultern. »Die Berta ist die Chefin da«, sage ich, »die wird's ihm schon erklären, wenn er rumspinnt.«

»Wo sind eigentlich die Eltern?«, fragt Sinan.

»Unterwegs.«

»Ohne ihr Kind?«

»Ja, das kommt vor, Sinan. Meine Mama hat das früher auch manchmal gemacht. Und dann war ich auch da bei der Berta.«

»So lang kennst du die Berta?«

»Ja.« Janosz nimmt die Pfannenwender aus der Knödelmasse, trägt sie zur großen Abwasch. Ich tauche meine Hände tief in die Masse, sie ist noch lauwarm von der Milch. Es gibt wenig, das so guttut wie Knödelmasse kneten, man arbeitet sich langsam voran, darf nicht zu fest zudrücken, aber auch nicht zu lasch, sonst fallen später die Knödel auseinander. Sinan ist die Arbeit zu fad, Janosz graust sich ein bisschen davor, Lin nimmt sie hin wie jede andere Aufgabe. Ob es Hana Spaß machen würde, wer weiß. Ich schichte von unten nach oben, von links nach rechts, Janosz geht zurück zur Sauce, Sinan schneidet weiter Streifen. Fast Frieden. Was das Nachbarskind in der Stube wohl gerade macht? Fadisiert es sich? Hat es Berta in ein Gespräch verwickelt? Ist es spazieren gegangen?

»Kann ich auch kneten?«, fragt Hana auf einmal hinter Sinan.

»Sicher«, sage ich, gehe einen Schritt auf die Seite.

»Ist der Salat schon fertig?«, fragt Sinan.

»Sonst wäre ich wohl kaum da«, antwortet sie.

»Komm, ich zeig's dir«, sage ich. Hana stellt sich neben mich, schaut mir beim Kneten zu, greift nach einer Weile beherzt neben mir in die Masse, knetet viel zu fest, ich korrigiere sie. Nach ein paar Handgriffen schaut es aus, als hätte sie noch nie etwas anderes gemacht.

»Ein Naturtalent«, sagt Sinan von rechts, ich weiß nicht, ob er es ernst meint oder einfach nur weiter so tun will, als hätte er die Oberhand.

»Danke«, erwidert Hana, ohne aufzuschauen. Ich lasse sie weiterkneten, hole die Garschalen, pinsle sie mit Öl ein, zeige Hana, wie man die Knödel so formt, dass sie weder zu dicht noch zu lose werden, wie groß man sie machen muss, damit sich später niemand über zu kleine Knödel beschwert. Knödel um Knödel legen wir in die erste Garschale, dann in die zweite, die dritte. Mitten in der dritten kommt Andi zur Tür herein, schaut uns der Reihe nach an, Janosz beim Herd, Sinan gegenüber von Janosz, Hana neben Sinan, mich neben Hana. Andi bleibt direkt bei der Tür stehen.

»Das Balg gehört zu dir, Connie, nehm ich jetzt einfach einmal an«, sagt er.

»Ja.«

»Zu uns«, sagt Hana.

»Du brauchst dich nicht auf die Seite von der Connie schlagen, nur weil's auch eine Frau ist, Hana«, meint Andi. »Du kennst dich nicht aus und ...«

»Sag einfach, was du sagen willst«, unterbreche ich ihn.

»Schau, dass es sich schleicht, und zwar sofort.«

»Die Berta hat's erlaubt.«

»Die Berta ist auswärts, beim Baumarkt, also bin ich der Chef.«

»Gar nix bist du. Das Kind bleibt da.«

»Sonst kündigen wir alle«, sagt Hana ruhig, ihre Stimme kommt mir tiefer vor als sonst. Kurz schaue ich zu Sinan und Janosz, die verwirrt zwischen Hana und Andi hin und her schauen. Andi erwidert ihre Blicke, niemand redet, es ist so still wie vorhin, aber das bisschen Frieden ist weg.

»Es ist nur heut, Andi«, sagt Sinan in die Stille. Wer hätte gedacht, dass gerade er die Situation auflösen würde, Sinan, dem sonst nur Oberflächliches wichtig ist. Hana schaut ihn so überrascht an wie ich, mein Blick fliegt von ihr zurück zu Sinan, dann zu Andi.

»Letzte Warnung«, zischt Andi, dreht sich um, rauscht aus der Küche.

»Fuck, Hana«, sagt Sinan, sobald die Tür hinter Andi zugefallen ist.

»Was denn?«

»Du kannst uns da nicht einfach so reinziehen, spinnst?«

»Danke, dass du dich eingesetzt hast«, sage ich zu Sinan.

»Ihr seids ja wahnsinnig.« Er wendet sich dem Fleischstreifenhaufen zu, der vor ihm liegt, räuspert sich. »Hana, marinierst mir das bitte«, sagt er dann ganz normal, als wäre nie etwas gewesen.

»Gerne. Paprikamarinade?«, fragt Hana.

»Ja, rührst auch gleich eine neue an.«

»Wird erledigt.« Ich schaue zu Janosz, der meinen Blick erwidert, ein trauriger, müder Blick. Was soll bloß aus ihm werden, wenn Sveti ihn wirklich verlässt. Vielleicht sucht er sich einfach eine Neue, eine, die nicht unbedingt Kinder haben will, oder eine, die schon welche mitbringt.

In der Mittagspause schaue ich in die Stube, aber das Nachbarskind ist nicht mehr da. Ich schaue hinaus, auch nichts. Beim Zurückkommen entdeckt Berta mich, winkt mich zu sich, deutet auf eine Eckbank, auf der das Kind seelenruhig schläft, von Bertas grellblauer Jacke zugedeckt. Berta murmelt etwas, aber ich verstehe sie nicht. Sie tätschelt mir die Schulter, lässt ihre warme Hand dann kurz zwischen meinen Schulterblättern liegen, eine Geste, die so alt ist, wie ich denken kann. Kurz überlege ich, sie einzuweihen, ihr alles zu erzählen, sie nach Ideen zu fragen, aber da löst sie ihre Hand, erzählt von den vermaledeiten Geranien im Baumarkt, dann geht sie nach hinten. Ich stehe neben dem Tresen, schaue auf den kleinen Menschen auf der Eckbank, der sich von keinem Lärm der Welt stören lässt, der einfach schläft, als wäre die Welt eine gute.

Der Nachmittag ist erträglich für einen Samstag, die Leute bestellen vor allem Mehlspeisen, ab und zu einen Salat, ein verfrühtes Schnitzel, ein verspätetes Putengeschnetzeltes. Nach einer Rauchpause gehe ich nach vorne in die Stube, das Nachbarskind ist jetzt wirklich weg.

»Hat sich fadisiert«, sagt Nadja, während sie Münzen in ihrem Geldtascherl umsortiert.

»Was?«

»Das Kind, oder? Das ist heimgegangen.«

»Wann denn?«

»Vor einer Viertelstunde oder so.«

»Aha.«

»Ein Danke wär nett.«

»Trinkgeld teilen wär auch nett.« Sie schaut mich groß an, Hundeblick, sie hätte beim Nageldesign bleiben sollen, da hätte sie nicht mit solchen Sprüchen leben müssen. Pech gehabt. Ich gehe zurück in die Küche, noch keiner da, ich gehe weiter nach hinten in den Innenhof, rauchend stehen sie nebeneinander, Andi, Sinan, Janosz.

»Die Hana sucht dich«, sagt Janosz.

»Okay.«

»Hast leicht den Janosz gegen eine Jüngere eingetauscht?« Andi grinst so breit, dass ich seine Amalgamfüllungen sehen kann.

»Wenigstens hab ich Optionen«, erwidere ich, Sinan lacht, ich gehe. Hana kommt mir entgegen, wir treffen uns genau am Eck bei der Fritteuse.

»Hey du«, sagt sie, der gleiche müde Blick wie Janosz.

»Hey.«

»Und?« Ich weiß, was sie fragen will.

»Heimgegangen, sagt die Nadja.«

»Ich habe nachgedacht«, meint Hana leise, kommt näher zu mir, »irgendwie müssen wir das Handy von der Mutter finden, dann finden wir sicher heraus, wo sie sind und wie wir sie erreichen.«

»Ich schau nach, wenn ich heimkomm«, sage ich.

»Ich komme mit.« Sie schaut mich ernst an, legt mir eine Hand auf die Schulter, kurz überlege ich, sie zu fragen, ob sie mir die Hand auch so zwischen die Schulterblätter legen kann wie Berta. »Ist das in Ordnung?«, fragt Hana, nimmt ihre Hand weg, ich räuspere mich.

»Ja, sicher.«

Nachdem wir den Boden gewischt und uns umgezogen haben, gehen wir heim zu mir, auf dem Weg reden wir wenig, nur Belangloses. Im Gemeindebau sperre ich vorsichtig die Tür zur Wohnung auf, im Schlafzimmer schläft das Nachbarskind, meine Handytaschenlampe schwenkt vom Kindergesicht auf das Katzengesicht daneben. Minze schaut Hana und mich aufmerksam an, ihr Schwanz peitscht auf das Leintuch.

»Bin ja da«, flüstere ich, an wen gerichtet, weiß ich nicht genau. Hana zieht mich sanft am Arm zurück, deutet mit dem Kopf zur Wand, ich nicke, hole die Nachbarsschlüssel aus der Küche, wo das Nachbarskind sie irgendwann aufs Fensterbrett gelegt hat. Ich läute an der Tür, klopfe fest an, läute noch einmal, erst dann sperre ich auf. Ich war noch nie hinter Tür siebenunddreißig, das Kind hat immer alles alleine geholt. Es fühlt sich an wie einbrechen, Hana schweigt neben mir, die Tür quietscht leicht beim Öffnen, Hana drückt den Lichtschalter.

Die Farben überraschen mich, Ockergelb, Dunkelgrün, dazwischen einzelne Farbtupfer, eine kleine rote Lampe in der Küche, hellgrüne Girlanden im kleinen Zimmer, in dem ein schmales, gelb lackiertes Bett steht. Vielleicht habe ich mich getäuscht, in allem.

»Richtig heimelig«, sagt Hana, vor Schreck halte ich die Luft an, ihre Stimme ist viel zu laut für die Stille in dieser fremden Wohnung.

»Mhm.«

»Das überrascht mich schon, muss ich sagen. Vor allem, wenn man das Kindergewand kennt.«

»Mhm.« Wir teilen uns auf, ich suche in der Küche nach dem Handy, Hana in den beiden anderen Zimmern. Hana findet es im Kinderzimmer auf dem Fensterbrett, es ist ausgeschaltet. Beim Einschalten muss man einen Code eingeben, Hana probiert ein paar Tastenkombinationen, irgendeine funktioniert. Keine Nachrichten, keine verpassten Anrufe. Die Adressliste ist kurz, sieben Kontakte. Hana wählt die erste Nummer aus, drückt die grüne Taste. Schnell greife ich zum Handy, drücke die rote Taste.

»Weißt du, wie spät es ist?«, flüstere ich.

»Warum flüsterst du? Es ist keiner da.«

»Hana, wir können doch nicht einfach mitten in der Nacht irgendwelche Leute aufwecken. Was, wenn das ihr Chef ist oder so?« Nachdenklich schaut Hana auf das Handy.

»Du hast recht«, sie lässt das Handy sinken. »Und jetzt?«

»Wir rufen in der Früh die paar Leute an.« Hana schaut nicht überzeugt aus, macht aber auch keinen Gegenvorschlag, sieht sich nur im Kinderzimmer um, dreht sich einmal um die eigene Achse. Wie eine müde Ballerina, die nach Frittierfett und Zwiebeln riecht.

»Komm, gehen wir«, sage ich. Sie hört mit dem Drehen auf.

»Kann ich bleiben?«

»Wo?«

»Bei dir. Bei euch.«

»Sicher, warum nicht?«

»Hast du überhaupt Platz?«

»Den finden wir schon. Ich hab noch eine Luftmatratze.«

»Danke.« Sicher stehen gleich Frau Laslo und Frau Zukić vor der Tür, neben ihnen die zwei lächerlichen Polizisten vom vorigen Mal. Aber beim Hinausgehen passiert gar nichts, kein Mensch ist munter, kein einziges Geräusch im Stiegenhaus. Erst in meiner Wohnung kann ich laut ausatmen, Hana scheint es ähnlich zu gehen, sie reibt sich das Gesicht wie nach einem Traum, ihre Haut wird rot.

»Und jetzt?«, flüstert sie.

»Mh?«

»Was ist dein Plan?«

»Ich hab keinen Plan.«

»Okay.« Sie zieht sich den Pullover über den Kopf, hängt ihn an die kleine Garderobe. »Ich müsste duschen, geht das?«

»Sicher.« Ich gehe ihr voraus ins Bad, alles ist viel zu klein, kaum Platz zwischen den Wänden. Aus dem Regal hole ich ein Handtuch, ein altes von Mama mit Batikmuster. Hana faltet es auseinander, schaut es so interessiert an, als wäre es ein Kunstwerk.

»Hast du das gemacht?«

»Meine Mama.«

»Das gefällt mir, mit den vielen Farben. Warum schaust du so?«

»Wie schau ich denn?«, frage ich.

»Gestresst.«

»Ich bin nur müde.«

»Okay, ich beeile mich.«

»Brauchst nicht.« Ich drücke mich an ihr vorbei, mache die Badtür hinter ihr zu, bleibe kurz im Vorraum stehen, wieder das Ziehen im Bauch. Vor mir hängt Hanas Pullover, ich warte, bis ich die Dusche höre, dann nehme ich ihn vom Haken, balle ihn zu einer Kugel, drücke mein Gesicht hinein. Seife und Brot, wie schafft man es, dass alles danach riecht, alles, was man hat.

VIERZEHN

Minzes heiseres Fauchen und ein Poltern wecken mich. Ich setze mich auf, das Kind neben mir im Bett rührt sich nicht. Auf dem Boden richtet sich Hana auf, die sich auf die Luftmatratze gelegt hat, obwohl ich ihr mehrmals das Bett angeboten habe. Ich höre Minze vom Bett hüpfen, ein paar Sekunden später peitscht ihr Schwanz auf den Boden.

»Was war das?«, flüstert Hana.

»Weiß ich nicht, ich hab's nur poltern gehört«, flüstere ich zurück.

»Ich auch.« Ich schaue auf mein Handy, es ist drei in der Nacht, vielleicht ist es wieder Tür fünfunddreißig, vielleicht sind Frau Zukić und Frau Laslo schon am Gang.

»Ich geh nachschauen«, flüstere ich.

»Ich komme mit.«

»Okay«, sage ich, sie lässt es sich sowieso nicht ausreden. So leise wie möglich stehe ich auf, Hana auch, ich mache die Schlafzimmertür zu, schalte erst dann das Licht ein. Hana schaut besorgt aus, besorgt und müde. Sie zieht sich ihren Pullover an, ich den Wintermantel. Bevor ich die Wohnungstür aufmache, schaue ich noch einmal zu ihr, sie nickt entschlossen, als wäre draußen Krieg.

Am Gang ist zwar Licht, aber weder Frau Zukić noch Frau Laslo sind zu sehen. Kein Mensch vor Tür fünfunddreißig, kein Mensch in der anderen Richtung, aber wieder ein Poltern, dieses Mal rhythmischer, es kommt aus dem Stiegenhaus. Hana geht auf die Stiege zu, ich will ihren Ärmel nehmen, sie daran zurück in meine Wohnung ziehen, sie hat keine Ahnung vom Gemeindebau. Aber dann eine Stimme, die ich kenne, eine Stimme, die näher kommt. Hana bleibt stehen, schaut mich fragend an, hoffnungsvoll.

»Ja, das ist sie«, flüstere ich, es hört sich gespenstisch an.

»Komm«, sagt Hana in normaler Lautstärke.

»Wart kurz«, flüstere ich.

»Komm, darauf haben wir doch gewartet, Connie. Wir gehen ihr einfach entgegen.« Sie hat recht, was sollen wir sonst machen, wir können nicht einfach vor meiner Tür herumstehen oder vor Tür siebenunddreißig, wir müssen in Bewegung sein. »Vielleicht hat sie das Baby schon gekriegt«, sagt Hana im Gehen. Kann sein, dass sie auch damit recht hat, dass die Nachbarskindeltern einfach im Spital waren, dass sie sich deshalb nicht gemeldet haben. Vielleicht war alles ein großes Missverständnis, vielleicht hätte jemand kommen sollen, um auf das Nachbarskind zu schauen, vielleicht gibt es das ganze Gepolter, weil sie einen Kinderwagen heraufschleppen. Ich gehe schneller, Hana neben mir auch, die Sorge und Müdigkeit in ihrem Gesicht sind weg, nur ein Rest Skepsis ist noch da.

In der Biegung zum ersten Stock treffen wir sie, die Nachbarskindmutter hat einen kleinen Koffer, der Nachbarskindvater einen großen. Sie tragen die Koffer nicht, sondern ziehen sie polternd über die Stufen. Wir stehen vor Tür elf, sie schauen mich an, der Vater ausdruckslos, die Mutter erschöpft, aber hart. Ihr Blick wandert von mir zu Hana, Hana sagt nichts. Kein Kinderwagen, kein Autokindersitz. Ich starre auf den Nachbarskindmutterbauch, den es nicht mehr gibt. Wo ist das Baby?

»Sollen wir Ihnen tragen helfen?«, fragt Hana, ich schaue zu ihr, sie kennt sich genauso wenig aus wie ich.

»Nein, danke«, antwortet die Mutter.

»Ihr Kind ist bei mir«, sage ich, meine Stimme zittert. Warum haben sie das Baby nicht dabei? Haben sie das auch allein gelassen, im Spital oder bei der Tante? Warum sind sie so ruhig, obwohl offensichtlich irgendetwas nicht stimmt?

»Wo?«, fragt der Vater.

»In meiner Wohnung.«

»Holen …«, setzt der Vater an, aber Hana unterbricht ihn.

»Wo waren Sie denn?«, fragt sie so kalt, dass mir ganz anders wird. So werden sie uns nichts erzählen, nichts und wieder nichts.

»Fort«, antwortet die Mutter.

»Und Ihr Kind, lassen Sie das öfters einfach so allein? Wochenlang? Ohne Essen, ohne Geld, ohne irgendetwas?« Mit jedem Wort wird sie lauter. Die Nachbarskindmutter schaut Hana ausdruckslos an, dann legt sie einen Zeigefinger auf die Lippen.

»Leise«, sagt sie. Ich kann sehen, wie Hanas Augenbrauen in die Höhe schnellen, wie sich ihr Brustkorb hebt.

»Sie glauben ja wohl nicht ernsthaft, dass Sie einfach so damit davonkommen«, zischt sie. »Sie haben Ihr Kind einfach alleingelassen, und wenn Connie sich nicht gekümmert hätte, dann weiß ich auch nicht, was passiert wäre.« Sie holt Luft, wie lange hat sie sich diese Worte schon zurechtgelegt? »Und die MA 35 ist Ihnen auch egal, oder? Die Termine, die Sie verpasst haben? Was haben Sie sich dabei gedacht, mh? Dass Ihr Kind dort alleine hingeht, ein Volksschulkind, mutterseelenallein bei der Einwanderungsbehörde? Ist Ihnen das alles egal?« Die Nachbarskindeltern schauen Hana ausdruckslos an, dann setzt sich die Nachbarskindmutter in Bewegung, versucht den Koffer weiterzurollen, aber Hana stellt sich ihr in den Weg. Was hat sie vor, was macht sie da? Ich bleibe am Geländer stehen, packe es mit der rechten Hand, damit wenigstens die nicht mehr zittert.

»Holen …«, sagt der Vater.

»Wir holen Ihr Kind erst, wenn Sie sich erklären«, erwidert Hana. Die Nachbarskindmutter schaut stumm zum Nachbarskindvater, sie tauschen Blicke aus, die Mutter wendet sich mir zu, ignoriert Hana, die direkt vor ihr steht.

»Danke fürs Aufpassen«, sagt sie, betont jedes Wort.

»Ich …«

»Bitte bringen Sie unser Kind zu uns.«

»Aber …« Es geht mich nichts an, ich kann es trotzdem nicht lassen. Irgendetwas stimmt doch nicht. »Aber wo ist Ihr zweites Kind?«, frage ich mit Blick auf ihren Bauch. Schlagartig verändern sich ihre Gesichtszüge, werden weich und so traurig, dass ich meine Frage sofort bereue. Die Nachbarskindmutter schüttelt den Kopf, erst langsam, dann schneller, hin und her, hin und her, sie hört gar nicht mehr auf, bis der Nachbarskindvater ihr eine Hand auf die Schulter legt. Ich höre Hana und die Nachbarskindmutter atmen, schaue zu Hana, die entgeistert zur Seite getreten ist, dann zurück zur Nachbarskindmutter, die sich über das Gesicht wischt, eine Träne kullert der anderen hinterher. Was haben wir uns nur eingebildet, Hana und ich, wie haben wir nicht daran denken können, das Kind hat doch vor Wochen gesagt, dass etwas mit dem Baby nicht stimmt, warum habe ich nicht nachgefragt, warum …

»Bitte«, sagt der Nachbarskindvater, ich nicke, kann meinen Blick nicht von der Mutter lösen, die mit ihren Tränen den Boden vor Tür elf volltropft. Ich will etwas sagen, Mein Beileid, oder: Was ist passiert, oder: Wo ist es denn jetzt, aber ich kriege den Mund nicht auf. Hana nimmt meine Hand, die immer noch das Geländer umklammert, ich sehe Tränen in ihren Augen, gleich schwappen sie über. Sie zieht mich mit, ich folge ihr, wir gehen den Eltern voraus. Hinter uns das Poltern, das immer leiser wird. Das Stiegenhaus ist immer noch leer, hoffentlich ist niemand von Hanas Geschrei munter geworden, hoffentlich hat Frau Laslo ihre Schlaftablettendosis erhöht, hoffentlich hat Frau Zukić ordentlich Wein getrunken.

Meine Hand zittert immer noch, als ich den Schlüssel aus der Manteltasche hole, Hana nimmt ihn mir ab. Minze starrt uns an, sitzt wie vorhin direkt bei der Schlafzimmertür. Ich will sie auf den Arm nehmen, mein Gesicht in ihr Fell drücken, ihr leises Schnurren hören.

»Willst du oder soll ich?«, fragt Hana flüsternd.

»Was?«

»Das Kind tragen.« Sie ist ganz ruhig geworden, viel zu ruhig dafür, dass sie gerade noch die Nachbarskindeltern im Stiegenhaus zur Sau gemacht hat. Zu ruhig dafür, wie aufgebracht sie bei der MA35 war, für ihre vielen Tränen.

»Ich mach's schon«, sage ich, »bringst du das Gewand mit rüber?« Hana nickt, geht in die Küche, während ich die Tür zum Schlafzimmer aufmache. Minze lässt mich machen, vielleicht denkt sie, dass wir einfach wieder schlafen gehen. Ich bleibe vor dem Bett stehen, vom Gang scheint ein schmaler Spalt Licht auf das Kindergesicht. Wer wird es ihm erklären, welche Worte werden seine Eltern verwenden, werden sie überhaupt etwas sagen, wird das Kind nachhaken oder den leeren Bauch seiner Mutter einfach akzeptieren, was wird jetzt kommen, werden wir weiter zu dritt frühstücken, wenigstens ab und zu, oder wird die Trauer alles stilllegen.

Minze kommt zu mir, streicht mir um die Beine, ich beuge mich zu ihr, streichle ihren Kopf. Entschuldige, will ich sagen, entschuldige bitte, Minze, du hast dein Bestes gegeben, aber vorbei ist vorbei, verloren ist verloren. Ich atme tief ein, beuge mich über das Nachbarskind, löse die Decke aus den Kinderhänden. Es schläft weiter, auch ohne Decke. Ich versuche, eine gute Position zu finden, höre hinter mir Hana ins Zimmer kommen, der Lichtspalt wird breiter, Minze streicht aufgeregter um meine Beine, ich atme aus, wieder ein, dann hieve ich das Nachbarskind auf, einen Arm um die dünnen Schultern, einen unter den Knien. Kurz verzieht das Kind das Gesicht, schläft aber weiter. Ich drehe mich langsam um, Minze miaut leise.

»Geht das?«, flüstert Hana.

»Ja. Hast du alles?«

»Ja, es ist nicht viel.« Ich gehe los, das Nachbarskind wiegt wenig, weniger als ein Mehlsack in der Küche, vielleicht so viel wie ein großer Sack Zwiebel. Hana geht vor mir her, macht erst die Schlafzimmertür ganz auf, dann die Wohnungstür. Vielleicht kann das Kind mein Herz schnell schlagen hören, das kleine Gesicht mit den weichen Haaren ist gegen meine Brust gesunken, der Kloß in meinem Hals wird immer größer, kleine vorsichtige Schritte, bloß nicht stolpern. Alles, aber bloß nicht stolpern.

Tür siebenunddreißig steht halb offen, die warme Einrichtung passt nicht zu den grauen Gesichtern der Nachbarskindeltern. Sie stehen bei der Garderobe, die Koffer neben ihnen schauen riesig aus. Die Nachbarskindmutter verzieht keine Miene, als sie das Kind auf meinem Arm sieht, macht nur eine Bewegung Richtung Kinderzimmer, ich nicke. Wieder macht Hana mir die Tür auf, mein Herz klopft viel zu laut, wie kann das Kind einfach weiterschlafen bei dem Lärm. Vorsichtig beuge ich mich über das Bett, lege das Nachbarskind auf die Matratze, meine leeren Arme kommen mir unnütz vor. Hana deckt das Kind zu, es blinzelt langsam, dann dreht es sich zur Wand hin.

»Komm, Connie«, sagt Hana sanft.

»Okay.« Ich kann mich nicht von dem schmalen Bett wegdrehen, alles fühlt sich wie ein Abschied an, ein ungelenker, unerwiderter Abschied.

»Komm, wir müssen ihnen noch von der MA35 erzählen«, sagt Hana. Sie hat recht, wie immer hat sie recht. Langsam drehe ich mich weg, warum wacht das Kind nicht auf, warum fragt es mich nicht, ob ich bei ihm bleiben kann oder ob es doch wieder mit in meine Wohnung kommen kann.

Die Nachbarskindeltern warten am Küchentisch unter der roten Lampe auf uns, vor ihnen liegen die MA-35-Briefe, die das Kind dort hingelegt haben muss. Sie haben beide noch ihre schwarzen Winterjacken an, als würden sie gleich wieder aufbrechen, als wäre diese Wohnung nur ein Zwischenstopp.

»Sie müssen so bald wie möglich hingehen«, sagt Hana, die schräg vor mir steht. »Also zur MA35. Oder zumindest die Dokumente hinschicken.«

»Die wollen mehr Geld sehen«, erwidert die Nachbarskindmutter. »Aber wir haben nicht mehr.«

»Haben Sie schon alles eingereicht?«, fragt Hana. »Alle Bankauszüge und so weiter?«

»Ja«, antwortet die Mutter, ihr Gesicht kommt mir schmal vor, die Augenringe lila.

»Und was heißt das jetzt?«, frage ich.

»Ich weiß es nicht«, antwortet Hana leise.

»Wir werden eine Lösung finden«, sagt die Mutter, legt ihre Hand auf einen der Briefe, sodass das Logo der MA35 verdeckt wird.

»Vielleicht kennen Sie ja noch jemanden, der etwas überweist oder …«, setzt Hana an.

»Ja, wir finden eine Lösung«, unterbricht die Nachbarskindmutter sie. Der Nachbarskindvater schaut aus dem Fenster, als würde ihn das alles gar nicht betreffen, als ginge es nicht um sein Kind, seine Familie. Erst als er kurz zu seiner Frau schaut, kann ich den Nebel in seinen Augen sehen. Es ist der gleiche Nebel, der oft in Mamas Augen wohnt, ein Nebel aus

Alkohol, dem Wunsch, alles umzustellen, das ganze Leben neu anzufangen, es besser zu machen, gepaart mit der Erkenntnis, dass nichts davon mehr möglich ist.

»Gute Nacht«, sagt er.

»Und danke«, fügt die Mutter hinzu.

»Gute Nacht«, antworte ich ganz automatisch, meine Füße gehen los, ich schaue noch einmal die angelehnte Tür zum Kinderzimmer an, dann geht Tür siebenunddreißig hinter mir und Hana zu, meine Hand sperrt Tür sechsunddreißig auf, Minze steht wie erstarrt in der Schlafzimmertür.

»Heller Wahnsinn«, sagt Hana hinter mir. Ich drehe mich zu ihr um, blinzle ein paar Mal, räuspere mich, ziehe den Mantel aus.

»Ja«, antworte ich.

»Glaubst du …?«

»Ich weiß es nicht, Hana. Ich weiß gar nix mehr.«

»Wenigstens sind sie wieder da.«

»Ja.«

»Bist du nicht erleichtert?«

»Doch, nur …«

»Ich weiß, Connie«, sagt sie. »Man gewöhnt sich viel zu schnell an andere Menschen, und an Kinder erst recht. Aber es ist ja nicht aus der Welt.«

»Mhm.«

»Sollen wir auch schlafen gehen?« Ich nicke, gehe ihr voraus ins Schlafzimmer, Minze miaut leise. Mir ist zum Heulen, ich lege mich ins Bett, das nur nach dem Kind riecht. Minze bleibt auf dem Boden vor mir sitzen, miaut wieder.

»Sorry, Minze«, flüstere ich.

»Darf ich mich zu dir legen?«, fragt Hana, die nachgekommen ist.

»Sicher.«

»Nur wenn das in Ordnung ist.«

»Ja.« Hana zieht ihren Pullover aus, ich kann die kleine Verbrennungsnarbe an ihrem Handgelenk sehen, die sie sich ganz am Anfang beim Ofen eingefangen hat. Sie macht das Licht aus, ich rutsche an die Wand, Hana legt sich vor mich. Ich schlage die Decke über uns beide, mache die Augen zu, atme ein, es riecht nach dem Kind und nach Hana, die Tränen lassen sich nicht aufhalten. Irgendwann dreht Hana sich zu mir, ich kann nur ihren Schemen erkennen.

»Das wird schon wieder«, flüstert sie.

»Und wenn nicht?« Sie antwortet nicht, rutscht nur mit ihrem Kopf näher an mich heran, drückt mir einen trockenen Kuss auf die Stirn, streicht mir über die Wange, wieder und wieder, ich schmecke Salz, es riecht nach Seife und Brot und ein bisschen nach Erde.

Mir kommt vor, ich hätte keine fünf Minuten geschlafen, als es an der Tür klopft, ein lautes, durchdringendes Klopfen. Ich liege mit dem Gesicht zur Wand, Hanas Arm liegt über mir, sie schreckt gleichzeitig mit mir auf.

»Wa…«, murmelt sie, dann steht sie schon neben dem Bett, Minze hüpft erschrocken von der Matratze, faucht Hana an, aber Hana ignoriert sie, geht so, wie sie ist, zur Wohnungstür, während ich erst die Beine aus dem Bett bekomme. Ich schaue aufs Handy, acht Uhr in der Früh. »Connie, die Polizei«, sagt Hana. Ich haste barfuß zur Tür, jetzt ist es so weit, jetzt nehmen sie sie mit, die ganze Familie. Das Abschiedsgefühl war kein Irrtum, alle Sorgen waren begründet, alles hat gestimmt. Es sind die gleichen beiden Polizisten wie beim vorigen Mal, sie schauen uns ernst an, der eine ist offensichtlich irritiert von der Kombination aus Hana und mir.

»Grüß Gott«, sagt der andere.

»Wir haben noch ein paar Tage«, sage ich, »so schnell kann

das doch nicht gehen, die Sachbearbeiterin hat doch gemeint, dass …«

»Bitte?«, fragt der eine Polizist.

»Wir …«, setze ich an, da erst sehe ich Frau Laslo im karierten Hausanzug schräg links, daneben Frau Zukić, daneben zwei andere Nachbarinnen, alle in der Nähe von Tür fünfunddreißig.

»Ihr Nachbar, Herr Magister Böhm, wurde in der Nacht ausgeraubt und schwer verletzt und liegt jetzt im UKH«, sagt der andere Polizist bitterernst, »und Sie sind die unmittelbare Nachbarin, da haben wir naturgemäß ein paar Fragen an Sie.«

»Ich …«

»Ob Sie was gehört haben zum Beispiel.«

»Also …«

»Haben Sie in der Nacht irgendwas Auffälliges gehört oder gesehen? Irgendwas, das uns weiterhelfen könnte?«

»Ich weiß nicht, also …«

»Beim letzten Mal, wie Sie angerufen haben, haben Sie eine zweite Person erwähnt, eine Frau. War diese Frau gestern in der Wohnung vom Herrn Magister Böhm?«, fragt der eine.

»Ich glaub nicht, ich war nicht da, ich war arbeiten, ich …«

»Das kann ich bezeugen«, sagt Hana neben mir, ihre Stimme klingt weit weg.

»Wie wollen Sie das bezeugen können?«, fragt der andere.

»Wir sind Kolleginnen, wir arbeiten im gleichen Restaurant. Gasthaus Rösch, für den Fall, dass Sie es notieren wollen.«

»Ah, im Rösch«, sagt der eine zum anderen, sein Gesicht hellt sich kurz auf, dann fängt er sich, wird wieder ernst. Er kramt eine Karte heraus, gibt sie mir, meine Hände zittern, als ich sie entgegennehme. Was kann in einer Nacht alles passieren? Hat die junge, magere Frau, die manchmal hinter Tür fünfunddreißig verschwunden ist, auf einmal die Nerven verloren und einfach alles mitgenommen?

»Rufen Sie uns an, wenn Sie doch was wissen«, sagt der andere.

»Zum Beispiel den Namen oder Aufenthaltsort der Verdächtigen«, fügt der eine hinzu.

»Natürlich«, sagt Hana, als ich nicht sofort antworte. Die Polizisten bedanken sich bei ihr, gehen dann nach rechts weiter, Richtung Tür siebenunddreißig. Gleichzeitig kommt Frau Zukić auf uns zu. Prüfend schaut sie erst Hana an, dann mich.

»Sterben wird er«, sagt sie.

»Der Alte?«, frage ich.

»Ja, wer sonst, Connie, lebensgefährlich heißt in dem Alter nix anderes mehr. Endstation Zentralfriedhof, ich sag's dir.«

»Aber …«

»Vielleicht hat die Nichte von der Laslo dann wenigstens eine Chance, weil es ist eine kleine Wohnung, so wie deine, und die Nichte von der Laslo ist allein, keine Familie, kein Mann, und auf der Warteliste steht sie noch, sagt die Laslo.«

»Mhm.« Die Polizisten sind vor Tür siebenunddreißig angekommen, der eine hebt die Hand zum Klopfen an, aber die Tür gibt nach, sodass er einen großen Schritt nach vorne macht.

»Connie, geht's dir nicht gut?«, fragt Frau Zukić.

»Doch, doch.« Ich gehe an ihr vorbei zu Tür siebenunddreißig. Warum hat die Tür nachgegeben, haben die Nachbarskindeltern offen gelassen? Oder ist ihnen auch etwas passiert? Die Polizisten stehen im Vorraum, der eine hat die Hand an der Hüfte, direkt an der Pistole. Ich kann in die Küche sehen, statt der kleinen roten Lampe hängt eine nackte Glühbirne von der Decke.

»Hallo?«, ruft der andere. Ich atme flach, damit sie nicht hören, dass ich hinter ihnen stehe. Der eine geht in die Küche, der andere Richtung Kinderzimmer. Erst als alle Türen weit offen sind, verstehe ich. Wir werden eine Lösung finden, hat die Nachbarskindmutter gesagt. Die Wohnung ist bis auf ein paar Möbelstücke leer, sie sind fort. Kein Vater mit Nebelaugen, keine Mutter mit leerem Bauch. Kein Nachbarskind mehr. Ich gehe zwei Schritte zurück, schaue nach rechts. Hana kommt auf mich zu, Frau Zukić hinterher.

»Connie, was …?«, fragt Hana.

»Sie sind fort«, sage ich.

»Wie, fort?«

»Wer?«, fragt Frau Zukić, die Hana eingeholt hat.

»Die ganze Familie ist fort«, sage ich, »die Wohnung ist leer.« Frau Zukić schaut mich verwirrt an.

»Einfach so, über Nacht?«, fragt sie. Ich nicke, erst jetzt merke ich die Tränen. Hana nimmt meine Hand, nickt Frau Zukić souverän zu, zieht mich mit sich bis in meine Wohnung. Sie macht die Tür hinter mir zu, bugsiert mich Richtung Bett, ich lasse mich fallen, sie setzt sich neben mich. Ihre Hand auf meiner Wange zittert ganz leicht, während sie anfängt, eine Melodie zu summen. Erst nach ein paar Tönen erkenne ich sie, eines der Lieder, das wir bei Hana gehört haben, das wehmütige ganz am Anfang. Ich versuche, die Augen wieder aufzumachen, aber schaffe es nicht. Minze hüpft zu mir aufs Bett, ihr Fell ist weich zwischen meinen Fingern. Das Zittern in Hanas Hand wird weniger, ihr Summen sicherer.

Ich stelle mir vor, wie das Kind bei uns liegt, zwischen Minze und mir. Wie Hana neben uns sitzt oder bei unseren Köpfen, wie sie uns je eine Hand auf die Stirn legt. Wie wir nebeneinander schweigen, minutenlang, stundenlang. Wie wir einfach nur an die Decke schauen, wo ich Mamas blaues Tuch aufgehängt habe. Wie alles ruhig wird um uns.

Mein Dank gebührt neben Alexander, Annika, Barbara, Brigitte, Džemila, Emina, Frieder, Hari, Jasmin, Lara, Lola, Martina, Monika, Moritz, Siegfried, Tara und Veronika meinen ehemaligen Kolleginnen und Kollegen aus der Küche.